KB239241

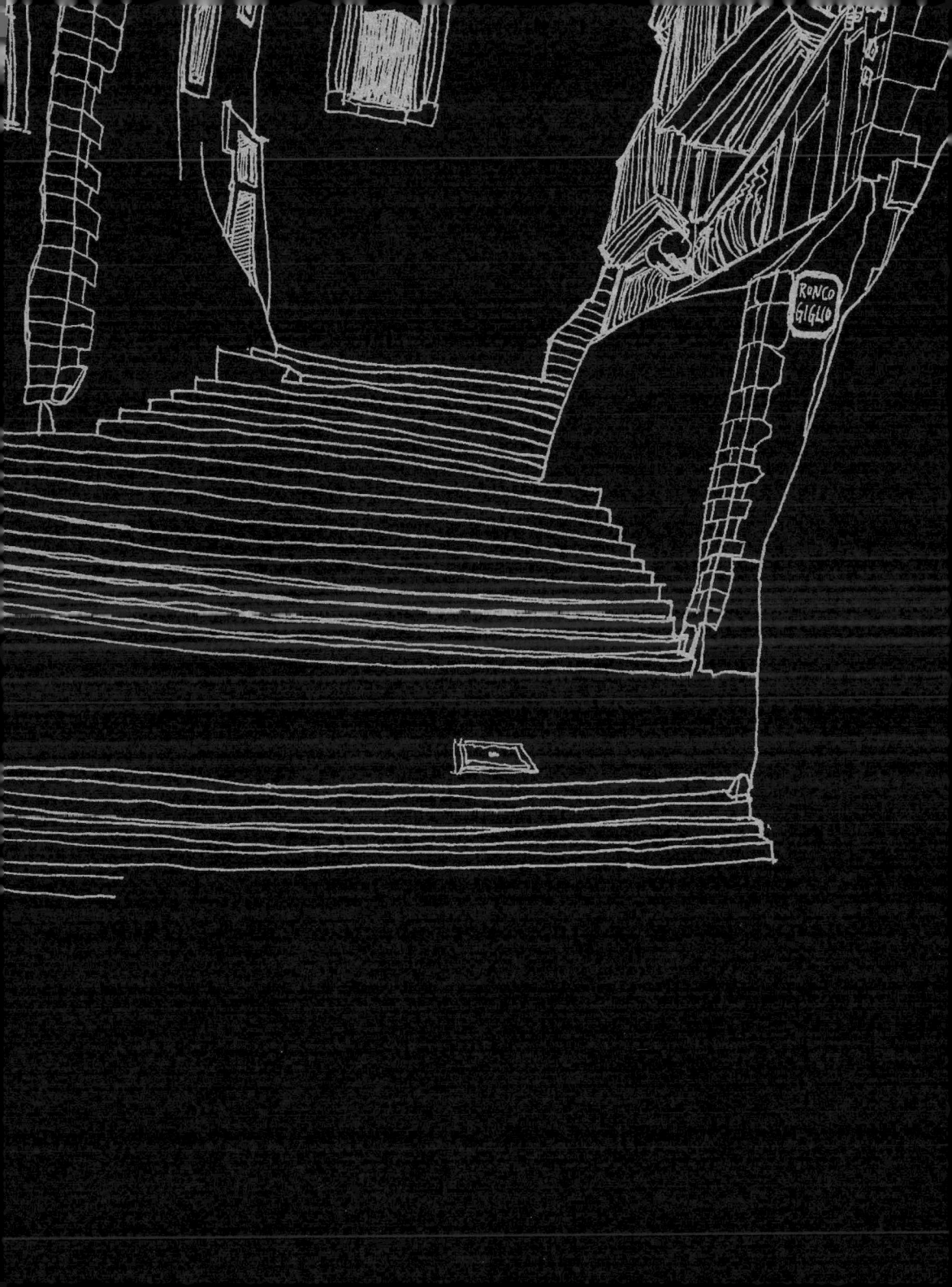

깜삐돌리오 언덕에 앉아
그림을 그리다

# 깜삐돌리오 언덕에 앉아 그림을 그리다

오영욱 그리고, 쓰다

Victoria & Alfred Waterfront
Capetown, S. Africa
2004. 1. 29. OOO.

깜빼돌리오 언덕에 앉아 그림을 그리다

**1판 1쇄 발행** 2005년 5월 14일 | **1판 15쇄 발행** 2018년 7월 15일
**글·그림** 오영욱 | **펴낸이** 김성구
**펴낸곳** (주)샘터사 | **등록** 2001년 10월 15일 제1-2923호
**주소** 서울 종로구 창경궁로35길 26 2층(03076)
**전화** 단행본부 (02)763-8965 마케팅부 (02)763-8966 | **팩스** (02)3672-1873
**전자우편** book@isamtoh.com | **홈페이지** www.isamtoh.com

ISBN 978-89-464-1515-7 03810
이 도서의 국립중앙도서관 출판시도서목록(CIP)은 e-CIP 홈페이지
(http://www.nl.go.kr/cip.php)에서 이용하실 수 있습니다.(CIP제어번호 : 2005000891)

* 모든 것을 잃어버린 브라질에서
여행을 중단하고 집에 돌아가려 했던 나에게
계속 진행할 것을 독려해 주셨던
부모님께 감사드리며

# 미국과 캐나다, 멕시코, 쿠바, 페루
## 그리고 아마존에 대한 이야기 2003. 6. 21 ~ 2003. 12. 6

2003년 12월 2일, 아마존 강 하구 기준 980킬로미터 지점. 지하 다방 난로 위의 주전자처럼 끓던 사바나의 태양은 강의 상류를 향해 넘어가고 거대한 어둠이 밀려들어왔다. 낡은 여객선의 엔진 소리는 환청처럼 들려오고 선내 매점 여자의 손은 거듭되는 맥주 주문에 쉴 틈이 없다. 배의 옥상은 빈 공간이었는데 저마다 맥주 한 병씩을 손에 든 지루한 여행자들이 아무 데나 자리를 잡고 별빛을 쬐고 있다. 아마존은 그들의 도시고 나는 이방인일 뿐이다.

육지가 보이지 않을 만큼 깜깜해지자 음악이 흘러나왔다. 삼바, 살사, 메렝게……. 무엇이었든 상관없었겠지만 사람들은 춤을 추기 시작했다. 하루 종일 작은 배에서 같이 먹고 자던 사람들이라 어렵지 않게 어울리게 되었다. 2층의 갑판에서 아침나절에 그물침대 두 개를 사이에 두고 안면을 텄던 두 명의 열네 살 아마존 소녀들도 음악소리에 3층으로 올라왔다. 브라질산 맥주는 마리화나처럼 혈관으로 흡수되었고 소리와 영상이 뒤엉킨 영화장면처럼 내 몸은 흐느적거렸다. 외지인이었던 나의 몸짓 하나하나는 술에 취한 아마존 사람들을 열광케 했고, 나는 어설픈 동작으로 소녀들과 춤을 췄다. 식지 않을 것 같았던 대기는 우리의 열기에 자신을 사그라뜨렸다.

모두가 충분히 지쳐버린 것은 자정 무렵이었다. 하나둘씩 자신들의 그물침대로 돌아갔다. 몇 남지 않은 갑판 위에서, 그리고 별빛 아래 아마존의 고요 속에서 한 소녀와 나는 가볍게 입을 맞췄다. 영원을 의미하는 찰나였고 인연의 법칙을 설명하는 이별이었다.

새벽, 아직도 어두운 지구의 뒤편, 목적지 없이 가는 듯했던 배는 산타렘에 정박했다. 그리고 소녀들은 내렸다. 항구에는 그녀의 남자친구가 마중 나와 있었다. 그와 반갑게 인사를 나누고 그녀의 양 볼에 입을 맞춘 후 어둠 속으로 멀어져가는 오토바이를 지켜보았다. 나는 배로 돌아가 정박해 있는 배 안에서 나머지 어둠을 보낸 뒤 다음 날 오후에 아마존 하구로 가는 배로 옮겨 탈 예정이었다.

2003년 12월 6일 오후, 폐선 직전의 고물 화물선이 아마존의 마지막 도시 벨렘에 도착했고, 맘씨 좋은 아줌마가 운영하는 낡은 여관의 맑은 물로 간만에 깨끗이 씻을 수 있었다.

가방 제일 안쪽에 있던 깨끗한 옷을 꺼내 갈아입고 선창가 시장을 어슬렁거리던 오전. 내 앞에 칼을 든 두 명의 청년들이 다가왔고, 멈칫할 새도 없이 세 명의 일당이 뒤에서 달려들어 순식간에 털어갔다. 지갑과 시계, 성년식 기념 목걸이와 MP3 플레이어, 가이드북과 카메라, 그리고 스케치북과 메모리카드를.

*

기억은 기록에 기인한다.

그래서 미국에서부터 아마존까지의, 기록이 남아있지 않은 약 6개월간의 내 흔적은 기억이 아닌 전설이 된다. 내가 어떤 이야기를 지어내도 그것이 허무맹랑하지 않는 한, 술자리의 안줏거리로 제격인 흥미진진한 여행담이 될 수 있는 것이다. 즉, 페루에 갔더니 모든 여자들이 나만 쫓아오더라, 하는 거짓말만 하지 않으면 되는 것이다.

*

1년여 간의 여행은 회사생활을 시작하기 전부터의 희망이었다. 다만 해보고 싶다는 의지만 있었을 뿐, 딱히 목적지나 여행경로를 정해놓은 것은 아니었다. 우연히 첫 목적지가 미국이 되었지만 미국행 비행기를 타는 그 순간까지 여행경로에 대한 어떤 계획도 없는 상황이었다.

긴 직장생활을 자의반 타의반으로 해나가고 있는 대한민국의 직장인들에게는 송구스러운 말이지만, 여행을 시작할 당시 3년 반이라는 회사생활을 치르고 났던 나는 다소 지쳐있었다. 건설회사 현장직원이라는 주7일 90시간 근무의 여건도 여건이지만, 그보다는 좋은 선배들과 동료들 덕택에 제 스스로 신나게 일을 하느라 진이 빠져버렸던 것이다. 그래서 미국에 가면 잠만 자고 라스베가스에서 카지노에만 다닐 거라 다짐했었다.

그렇게 네바다의 사막에서 세월을 흩뿌리고 있던 시간에 우연히 현각스님의 만행이라는 책을 읽게 되었고, 캘리포니아의 테하차피 사막에서 손수 절을 짓고 계신다는 미국인 스님이 있다는 사실을 알게 되었다. 그리고 어렵사리 찾아간 미국의 오지에서 비록 1주일뿐이었지만 절 공사를 도와드리는 일을 할 수 있었다. 그곳의 무량스님을 따라 난생 처음 백팔 배를 미국 땅에서 경험하고 하루 동안은 걷지도 못했던 일을 비롯하여 그 짧았던 여행 초기의 경험은 시간이 꽤 지난 지금에 와서도 가장 기억에 남는 추억 중 하나가 되었다.

한국에서의 부지런했던 삶은 캐나다 서부에서 어학연수 중이었던 친구를 찾아가며 깊은 나락으로 빠져들고 말았다. 그곳에서 녀석은 세상에서 가장 게으른 삶을 살고 있었던 것이다. 가끔 주변을 돌아다니긴 했지만 나의 재충전은 한없이 게을러지는 일상을 통해 이루어져갔다. 당시의 나는 '세계 게으르기 경연대회'에 나가도 자신 있을 만큼 늘어져 있었다. 얼마나 아무것도 안 했었는지를 설명하는 것이 캐나다 생활의 되새김질이다. 물론 그곳에는 에메랄드빛 바다도, 눈부신 모래사장도 존재하지 않았다.

*

멕시코행 비행기표는 캐나다에서 샀다. 이 여정은 두 명의 친구들과 동행하기로 했다. 그 의미인즉슨 술을 엄청나게 많이 마셔야하는 운명에 처했다는 뜻이기도 하다. 물론 혼자 여행을 해도 술을 마신다. 밤에 마땅히 할 일이 없기 때문이다. 다만 맘에 맞는 친구들과 여행을 하면 아침부터 맥주한 잔으로 시작하게 된다. 맛 좋은 타코멕시코음식가 널려있고 어느 바에서도 1,000원이면 마실 수 있는 코로나 맥주가 즐비한데 마다할 리가 없다.

멕시코 동쪽 칸쿤의 호스텔 앞 새벽의 길거리. 데킬라에 얼큰하게 취한 후 거리의 부랑아들과한 잔을 더했다. 침 냄새 가득한 병 주둥이를 돌려가며 이름 모를 독주를 마신 후 친구는 아프기 시작했다. 여행에 있어 아픈 것은 참 안 좋은 일이었으나, 그 새벽의 바다 내음은 썩 시원했다.

*

쿠바행 비행기표는 멕시코에서 구했다. 나와는 달리 친구들은 여유가 많지 않기 때문에 열흘 정도의 시간으로 만족해야만 했다. 사람들은 보통 쿠바에 대해 환상을 지닌 채 가곤 하는데, 나 역시 그랬다. 그리고 그 환상에 걸맞은 기억들만 걸러낸다.

쿠바는 나에게, 야자수 아래에서 체 게바라 평전을 다 읽은 곳이고, 깊은 밤 쿠바 음악이 흐르는 바들을 전전했던 곳이고, 카리브해의 향기에, 또한 모히또쿠바의 대표적인 칵테일 에 취한 곳이다. 정열적인 쿠바 친구 하나를 알게 되어 살사가 흐르는 아바나의 밤을 함께 지새우기도 했다. 어쩌면 가장 짧았던 기간 동안 가장 많은 자랑거리를 만들었던 곳일 것이다.

*

갑작스런 페루행은 역시 멕시코에서 문득 결정했다. 적절한 가격의 비행기표가 있기도 했고, 하루빨리 마추픽추와 나스카 문양을 보고 싶기도 했다. 막상 그곳에 가서는 백두산 높이의 모래 산을 오르며 죽을 것 같은 공포심도 느꼈고, 볼리비아 내부 분쟁으로 국경이 폐쇄되어 티티카카 호수까지만 갔다 돌아오기도 했다. 마추픽추는 눈물겨웠고 나스카 문양은 멀미가 났다. 그리고 결국 잉카의 옛 수도 쿠스코에 도착해서는 그 도시의 매력에 빠져 장기 체류하기로 마음먹고, 같이 여행하던 친구들과 작별을 해버렸다.

역시나 부지런하지 않았던 쿠스코에서의 40여 일은 한 곳에 오래 머무르는 여행의 맛을 느끼게 해주기에 그럭저럭 충분했다. 물론 어설픈 스페인어를 갓 배워 쓰기 시작한 어리바리한 동양인은 그래 봤자 달러를 지닌 관광객에 지나지 않았지만, 낯설던 거리가 차츰 익숙해져가는 하루하루의 변화와, 단골 카페 종업원의 반가운 인사들은 소중한 추억이다. 한 번은 한국에서 우편으로 '여행스케치'의 베스트 앨범을 받았는데 자주 가던 카페에서 틀어달라고 해놓고 구석자리에 앉아 하염없이 궁상을 떨었던 적이 있었다. 벅찬 감동에, 불법인 줄 알면서도 CD를 복사해주고 왔기 때문에 지금도 그 카페 El Art Cafe에 가서 한국노래를 틀어달라고 하면 잔잔한 감동과 함께 들을 수 있을 것이다.

쿠스코 생활 끝에, 아마존강을 횡단하겠다는 계획을 가지고 아마존의 최상류로 날아갔다. 배를 타고 국경을 넘기 전, 아마존정글에서 농사를 지으며 살아가는 가족의 원두막에서 며칠 머물렀던 적이 있었는데 당시 주인아저씨는 진정으로 나를 사위로 삼고 싶어 하셨던 것 같다. 신부 후보는 열일곱 살 첫째 딸이었는데 모든 편견을 버리고 봐도 나보다 나이가 많아 보여 조금도 내키지는 않았다.

＊

2003년 11월 29일. 국경을 출발했던 배가 나흘 만에 아마존의 심장, 브라질의 마나우스에 도착했다. 이미 강과 바다의 구분이 필요 없었고 문명과 자연의 경계는 모호한 상황이었다. 이곳에 이르기 위해 지나쳐왔던 하늘은 내가 여태 보아왔던 것 중 가장 경이로웠고, 숨을 쉬는 듯한 지구 위에서 진정으로 내가 우주에 속해 있음을 느낄 수 있었다.

그러나 배가 큰 도시에 접어들어 속도를 늦추자 그때까지 배 위에서만 느낄 수 있었던 바람은 사라졌고, 숨쉬기조차 힘든 무더위가 불현듯 엄습해왔다. 고층 건물들을 시야에 넣으며, 이제 잠시 현실로 돌아와야 할 때였다.

브라질 Brasil

아마존횡단 14일째
2003. 12. 6

강이 수평선을 이루는 바다 같은 하류에 접어들었나 싶더니
문득 수많은 섬들이 등장하며 오히려 최상류보다도 강폭이 줄어든다.

그리기를 몇 차례 반복하던 중, 갑자기 폭이 늘어나며 수평선 위로 벨렝의 모습이 등장한다.
고층건물이 병풍처럼 나열된 이 아마존의 마지막 도시는 마치 상상의 도시가 강물 속에서
솟아오른 것 같은 형상이다.

강을 따라 흘러가는 배 위에서 엿새 잤고, 항구에 정박해 있는 배 위에서 사흘 잤고
배를 기다리느라 아마존의 중간 도시에서 나흘 잤다.

2003년 11월 23일 새벽,
아마존강이 시작되는 페루의 이키토스에서 시작된 나의 아마존 횡단은 그로부터
14일째 되는 날 오후, 마지막으로 탔던 배가 아마존 하구 도시 벨렝에 이르며 막을 내렸다.

스스로에게 제법 감동했다.

벨렝의 시장통에서
여행과 관련된 것들 중 여권을 제외한 모든 것을 잃어버렸다.

내 목에 칼을 들이댔던 다섯 명의 무장 강도들에게는
아무 소용이 없을 내 스케치북과 사진들이 저장된 메모리카드는
벨렝 구시가 으슥한 곳 어딘가에 처박혀 있을 것이다.

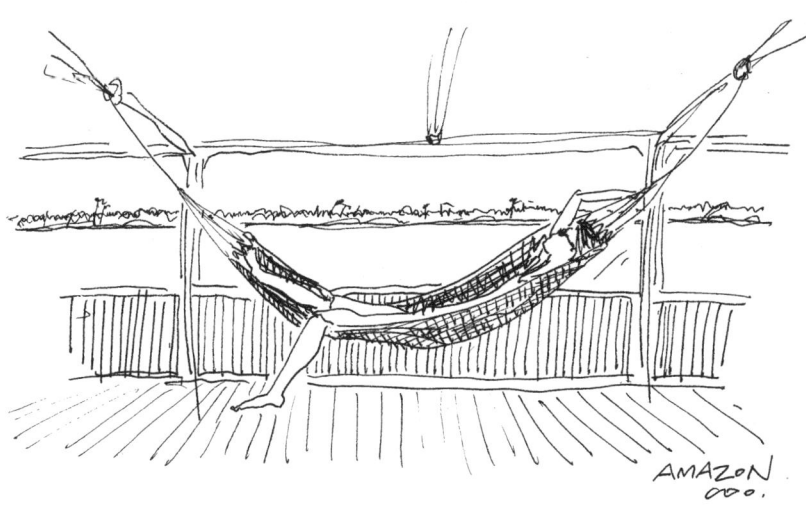

AMAZON
ooo.

지금 내게 남은 것이라곤 낡아가고 있는 여권과 그 속에 끼어뒀던 150달러,
그리고 허탈감에 가득 찬 두려움뿐이다.

환전도, 국제전화도 불가능한 브라질 오지의 공휴일은 미치도록 버겁다.

브라질의 매력적인 도시들과 이구아수폭포, 남미의 해변들과 볼리비아의 사막,
그리고 이스터섬을 눈앞에 두고 돌아서는 것은 분명 아쉬운 일이지만
더 좋은 시간을 위한 업보라고 여기고 마음을 정리한다.

기운을 잃지 않으려고 마지막까지 내 정신을 놓지 않는다.

기억을 날려버린 좌절에 힘들어했던 지난 새벽을 잊고자,
여관 주인아줌마에게 빌린 돈으로
3,000원짜리 손목시계와 작은 수첩, 펜 한 자루를 샀다.
아쉬운 대로 이 상태로 며칠간 버티자.

모든 힘과 정신을 집중시킬 순간이기 때문에
점심은 중국식 뷔페식당에 가서 800그램을 퍼서 실컷 먹어두었다.

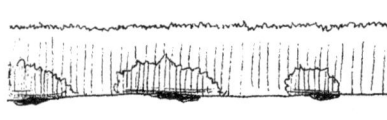

큰 도시로. 12.9. 000.

특별히 볼 것 없는 사바나 지대를 종단하며
시간은 잠시 진행을 망각한 듯
느릿느릿 그 숫자를 채워나간다.
내륙지방을 달구는
정오의 태양은 구름조차 꿰뚫는다.

모든 기억을 묻어둔 채,
나라는 존재도 잠시 잊은 채,
그런 식으로
아마존 분지를 빠져나가고 있다.

마치 내 집이라도 되는 양,
하루 중 깨어 있는 시간의 절반을 쇼핑몰에서 보낸다.
넓어서 산책하기에 좋고, 에어컨도 나오며,
거기에다 화장실은 늘상 깨끗하게 준비되어 있다.
가진 게 없으니 신경쓸 일도 없다.

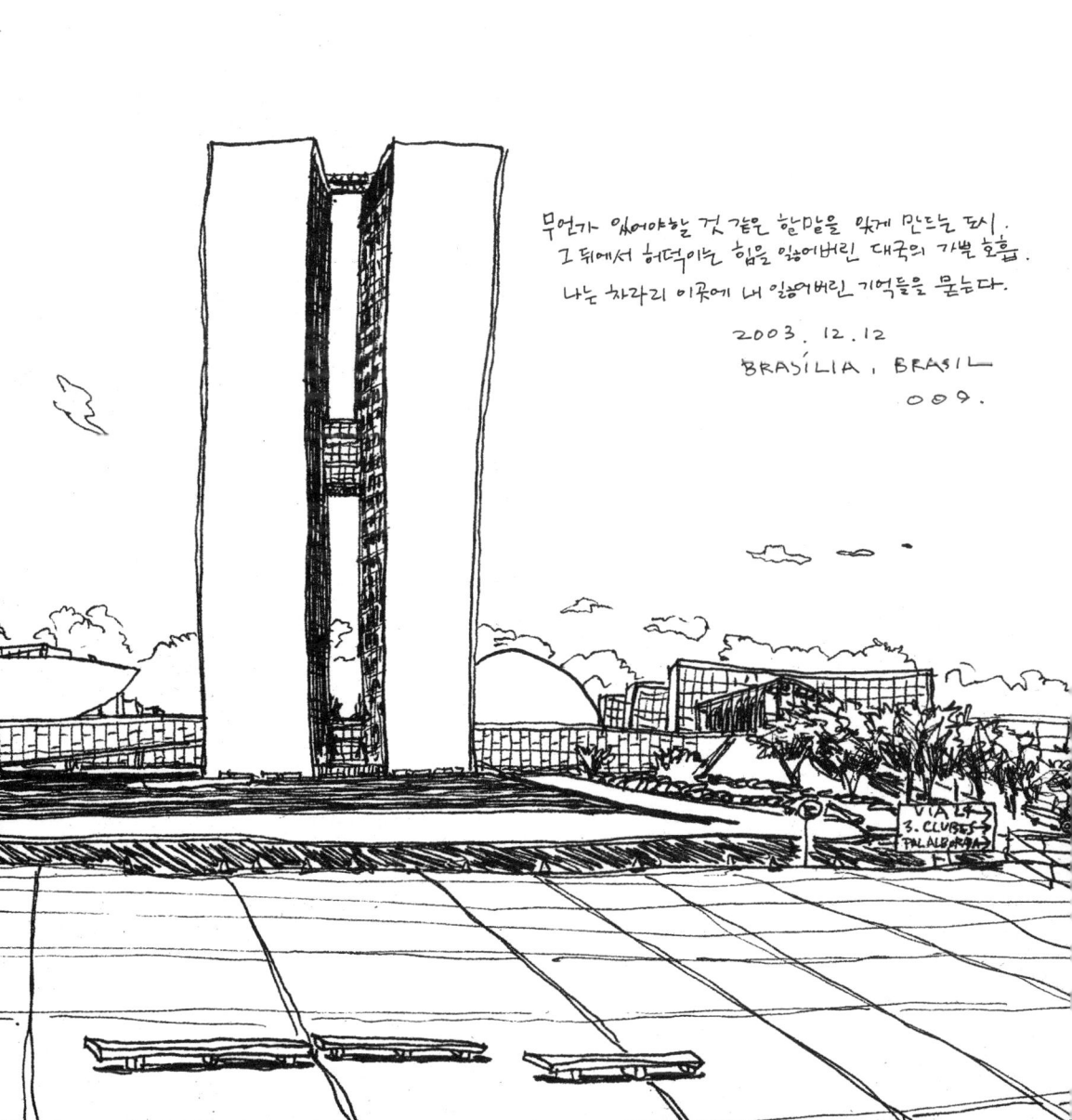

무언가 잃어야할 것 같은 한밤을 잊게 만드는 도시.
그 뒤에서 허덕이는 힘을 잃어버린 대국의 가쁜 호흡.
나는 차라리 이곳에 내 잃어버린 기억들을 묻는다.

2003. 12. 12
BRASÍLIA, BRASIL
009.

무척 먼 곳에 와 있다는 느낌을 처음으로 가져봤다.

이리저리 움직였으나 별 성과를 거두지 못하고,
후반전을 준비하는 의미에서 5,000원짜리 스테이크를 사먹었다.

인간 중심의 도시구조를 가진 나라의 사람들이 쓴 여행안내서에
브라질리아는 차 중심의 지독한 도시로 묘사되어 있지만,
내게 이 도시가 그리 어색하지 않은 것은 서울의 또 한 면을 보는 듯했기 때문이다.
(차들이 시속 80km로 질주하는 편도 6차선 도로에 횡단보도 하나 없이
아무 데서나 건너야 하는 시스템만 제외하면)

더위는 아마존만 못하고 수십 년이 지난 모더니즘 건물은 아직 쌩쌩해 보인다.
풀 한 포기의 위치마저도 디자인된 듯한 이 도시에서 나는 세계 그 어느 곳보다
낯선 느낌을 받았다. 흔했던 한국제 자동차들은 브라질엔 더 이상 존재하지 않고,
내 주위에 언제나 있던 관광객이나 배낭족들도 사라졌으며,
그럼에도 이곳에서의 사람들은 너무나 순조롭게 시간을 보낸다.

'북치는 소년' 캐럴이 울려 퍼지는 이 금융지구의 푸드코트에서,
죄다 정면을 노려보는 각종 광고 포스터들에게 감시당하고 있는 느낌이다.

아무것도 하지 않으며 배 위에서 훌쩍 하루를 보내던 게 엊그제 일인데,
벌써 길어진 하루를 느끼게 된다. 하루를 돌이키는 의미에서 한 병 사다놓은
싸구려 럼주를 퍼마시고 있다.

취한 김에 한 마디 하면, 나는 포르투갈어가 정말 싫다.

2003. 12. 10


오랜만에 들은 다른 사람의 한국어는, 긴 전화선을 타고
내가 있는 여관까지 흘러들어온 VISA카드 한국지사 직원의 재발급 확인 문의다.
여러모로 좋은 징조다.

근대적인 건축 속에서 전근대와 현대의 삶을 복합적으로 영위해가는 브라질리아 사람들의

모습을 보면, 어쨌든 따로 놀고 있는 것만은 확실해 보인다. 더도 덜도 아닌
딱 모더니즘 전형의 상업건축 밖에서는 재래시장이 왁자지껄하게 열리고,
얼마 전에 뜯어고친 듯한 내부는 미국을 그대로 가져다 놓은 21세기 쇼핑몰의 감각이다.

여하튼 기약 없는 결과를 기다리고 있는 상태에서 할 수 있는 일이라곤
잘 먹어두는 일이고, 해야만 하는 일은 가급적 생각을 덜 하는 일이다.
덤으로 시간만 잘 흘러가준다면 더할 나위 없는 무위의 경지다.

아직 많은 것이 남아 있고, 또 그것보다 더 많은 것들이 없어진 지금,
집착의 허망함을 보게 된다. 모든 내 흔적이 본디 空이고,
그 空이 곧 모든 것이 될 수 있다는 진리를 체험하는 과정이다.
어쨌든 지금 내가 있는 곳은 한국과 멀리 떨어진 곳의
어느 작은 게스트하우스 3층에 있는 반쯤 꺼진 2인용 침대 위가 아닌가!
사실 지금 더 중요한 일은 당장 오늘 밤에 자면서 모기와 기타 물어뜯기를 좋아하는
벌레들의 공격을 막아낼 작전을 세우는 것이다.

2003. 12. 11


토요일 밤마저 방안에 혼자 처박혀 럼주를 홀짝이고 있는 건 아무래도 우울한 일이다.
마침, 같은 게스트하우스에 묵고 있는 무슨 문화재단 보조연구원 같은 걸 하고 있는
두 명의 브라질 녀석들이 술마시러 가자고 보챈다. 특히 한 녀석은 집이 벨렝인지라
브라질을 대표해서 어떻게든 내게 자기 나라에서 겪은 일로 생겼을
나쁜 인상을 지워주려는 듯 열심이다.
어쨌든 이런 현지인 친구들이 아니라면 밤 열 시가 넘는 시간에 이 공포의 도시를
혼자서 쏘다니는 것은 목숨을 내놓는 일이나 다름없기에 흔쾌히 방을 나섰다.
하지만 녀석들도 브라질리아 시민은 아니다.
술집을 찾아 W1S 지구의 상가 섹터에서 헤매다가
길을 물어 술집들이 모여 있다는 L1S 지구 403 블록으로 향했다.
게스트하우스가 있는 W3S 지구 703 블록에서 그곳에 가려면 브라질리아를 관통하는
도합 14차선, ER 고속도로를 횡단해야 하는데, 경부고속도로 만남의 광장 앞에서
무단횡단을 하는 것과 비슷한 짜릿함을 맛볼 수 있다.

다만, 여기서는 이게 합법적이라는 게 다른 점이지만.
뭐 그런 식으로 술집에 들어가서 새벽까지 거나하게 취하고,
당구 몇 게임까지 치고 나니, 동틀 무렵의 다섯 시다.
더 놀 힘이 없어져서 곱게 들어가서 잤다.

2003. 12. 13


Natal 포르투갈어로 크리스마스를 의미 이 불과 열흘 남은 일요일 밤에
돈 보스꼬 성당에 가서 미안하지만 좀 못 부르는 성가를 감동적으로 듣고 왔다.

2003. 12. 14


사담 후세인의 얼굴이 실제 크기로 모든 신문의 1면 전체를 뒤덮고 있다.

정말 돈 주고 사도 아깝지 않을 것 같은 쾌청하고
살짝 무더운 날씨가 브라질리아에 있는 내내 이어지고 있는데 나름대로 좀 억울한 일이다.

2003. 12. 15


지금까지 미처 못 가본, 브라질리아의 건축가
오스카 니마이어가 설계했던 건물들을 훑고 왔다.

그러지 말자고 계속 다짐하는데도 불구하고,
게다가 더 이상 뺏길 것도 없으면서,
거리에서 만나는 사람들 모두에게 경계의 시선을 보내게 된다.

이런 마음으로는 모든 사람들이 나쁜 놈으로 보인다.

2003. 12. 16

약속한 날에 정확하게 신용카드가 도착했다.
다만 한국은 지금 밤이라 아직 신용카드 개시가 불가능하다고 한다.
영락없이 하루를 더 보내야 한다.

점심으로 돼지비계요리와 닭간 요리를 콩스프에 버무려 먹었다.

2003. 12. 17


브라질의 수도인 브라질리아는 서울과 비슷하다.

사람들은 다들 항상 뭔가 화난 듯한 표정을 짓고 있고 걸음 속도도 빠르다.
개인적으로 알게 되면 무척 좋은 사람들이겠지만,
그럴 기회 없이 마주치는 일반인들은 무뚝뚝함의 극치를 달린다.
사람들이 하는 일들은 어쩐지 융통성이 없어 보이고,
그 밖의 일들은
외지인에겐 불가사의하게 보이는 시스템에 의해 돌아간다.

무엇보다도 비슷한 점은 그곳이 이 지구상에서 사람이 살기에
가장 안 좋은 곳 중의 하나임에도 불구하고, 막상 그곳에 살고 있는 사람들은
자기가 살고 있는 곳을 무슨 유토피아라도 되는 듯하게 여기고 있다는 사실이다.

오랜 기다림 끝에 받은 임시 신용카드를 들고 발품을 팔아가며 여러 은행들을 전전했으나
무슨 이유인지도 모른 채 매번 현금 인출을 거절당하며 하루를 보냈다.*

2003. 12. 18

*VISA사에서 발급해주는 임시 신용카드는 해외여행 중 신용카드를 분실했을 때 임시로 발급해주는
유효기간 3개월짜리 카드를 말한다. 이 신용카드는 비밀번호가 주어지지 않고 사용할 때는 반드시
여권을 제시해야만 한다. 비밀번호가 없기 때문에 현금인출기는 사용할 수 없고 현금서비스를
받기 위해서는 은행창구에 직접 가야만 했는데, 은행 직원들이 이러한 임시신용카드의 존재조차
모르고 있어 가는 은행마다 퇴짜를 맞아야 했다.

스물다섯 시간을 헤맨 끝에 드디어
내 임시 신용카드로 현금을 인출할 수 있는 은행을 발견했다.
약간은 어수룩해 보이는
통통한 직원에게 안내되어 탁자를 사이에 두고 앉았다.
신용카드를 보여주고, 여권을 보여주고, 누군가에게 전화하고,
신용카드를 복사하고, 또 어딘가에 전화를 하고,
여권을 복사하고, 어디론가 사라졌다가
또 어디엔가 전화를 하고, 복사한 것들을 또 복사하고,
영수증을 만들고, 다시 어디론가 전화를 하고
또 어디론가 사라지고.

얼마나 힘든 일들을 해내는지는 모르겠지만,
그렇게 한 시간 정도를 끌더니 서류 다섯 장을 만들어냈고,
제 스스로도 대견한지 엄지손가락을 치켜 올리며 활짝 웃는다.
그 다음은 영화처럼 서로 일어나서 악수를 하며 헤어지고,
바로 다른 직원한테로 끌려갔다. 그리고 결국 그 은행에서 장장
두 시간 반을 버틴 끝에, 다섯 명의 직원들 앞을 차례로 옮겨 다니며
그 앞에 가만히 앉아 있었던 보답으로 2,000달러,
브라질 돈으로 약 5,800 헤아이스를 받아들 수 있게 되었다.
고액권이 없다고 소액권으로 주는 바람에 지폐뭉치는 10센티미터가 넘는다.

브라질 국민이 아니면 달러로 인출을 못할뿐더러,
브라질 돈을 달러로 환전하는 것도 불가능하다고 해서,
영락없이 돈뭉치를 들고 다니며 여행할 운명에 처하게 되었다.
다행히 디지털 카메라를 사는 것으로 돈뭉치 부피의 20%를 소비할 수 있었는데
상점의 점원에게 "카메라, 현금으로 계산할 겁니다."라고 말하며
100장이 넘는 지폐뭉치를 턱, 하고 내놓았더니 녀석이 흠칫 놀랐다.

이제 남쪽으로 가서 국경을 넘자.

2003. 12. 19

'긴 시간의 버스'를 타고 국경에 이르렀다.

그 어떤 부담이나 긴장도 없이 바깥공기를 마시며 브라질산 맥주에 양껏 취했다.
호텔 종업원에게 뒷돈을 찔러주며 찾아낸 브라질 암달러상을 만나 애물단지 같았던
브라질 돈뭉치를 달러로 환전했다.

2003. 12. 20

아르헨티나 Argentina

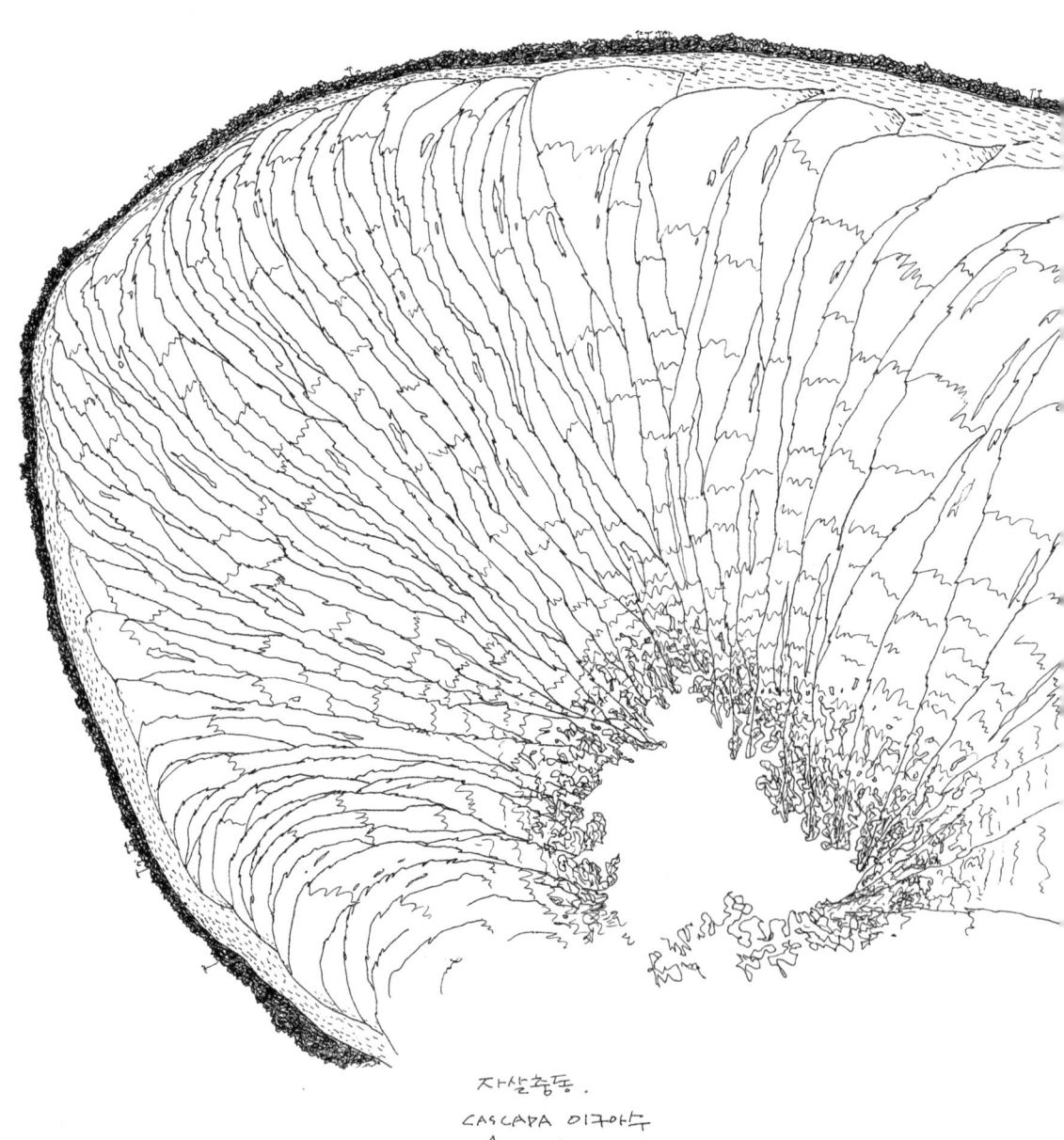

자산충동.
CASCADA 이구아수
Argentina. ᴏᴏᴏ

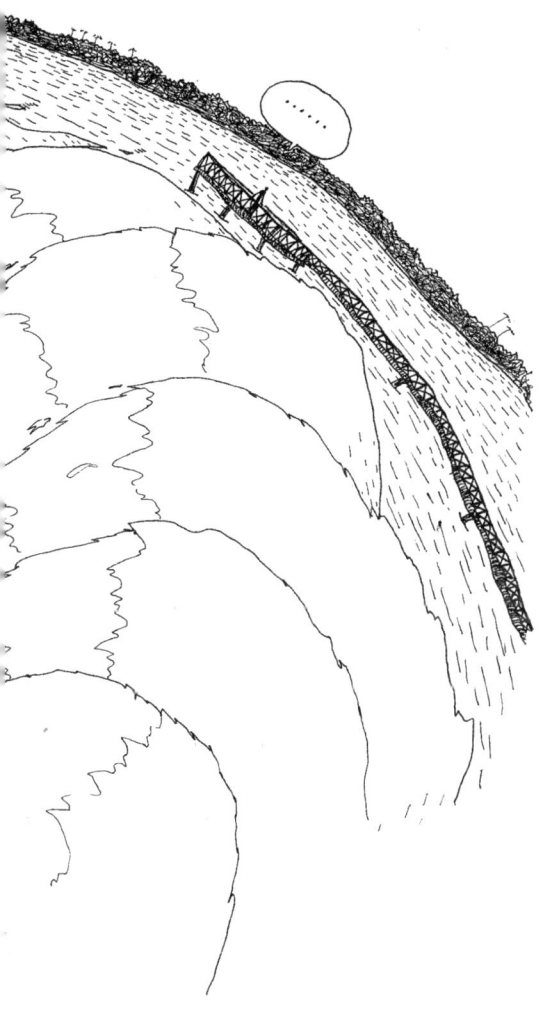

아르헨티나의 이구아수폭포에서 생일을 맞이했다.
또 하나의 환상을 현실로 전환시키며
한 살을 더 먹게 된 것이다.

쥐라기 공원같이 꾸며놓은 브라질, 아르헨티나
양국의 국립공원들은 내 머리에 있던
이구아수 주변의 이미지와는 많이 달랐지만,
수만 년 이상 그 자리에서
떨어지고 있었을 폭포는 감동이었다.

하지만 무엇보다도 좋았던 것은
모든 것을 잃고 지루한 인내를 필요로 했던
브라질에서의 한 달 생활 후
국경을 넘어 국립공원 정문으로
입장할 때, 반갑게 맞이해주던
직원의 입에서 튀어나온 스페인어였다.

긴 외유를 마치고 인천공항에 들어섰을 때
마주치는 한글 간판도
이보다 더 반갑지는 않으리라.

딴에는 여기도 정글지대라고 화창했던 하늘은
어느새 몰려온 구름에 의해 잠식당하고
맞고 있으면 쓰러져버릴 것 같은 강한 폭우가 작은 마을을 점령한다.
나름대로 멋을 부려놓은 어느 작은 레스토랑에 들어가 앉자마자
'비바람' 때문에 정전이 되고 만다.
그래도 아르헨티나산 소고기의 맛은 최고다.

물론 세상 모든 것이
다 마음에 달려 있는 일이지만
부에노스 아이레스는
어쩐지 좋다.

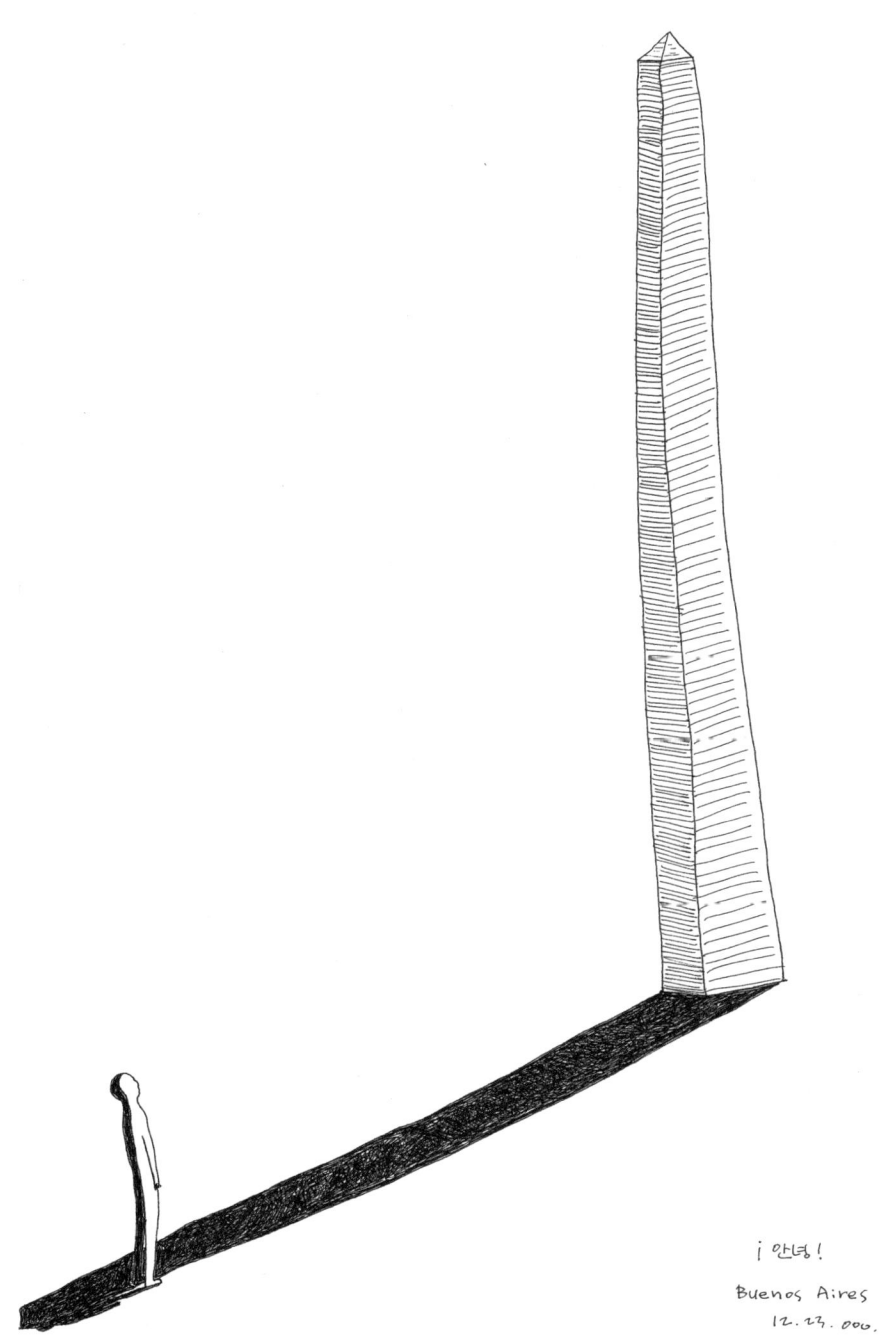

¡ 안녕 !

Buenos Aires
12. 23. 000.

해가 중천에 오르기 전까지는 어쩐지 잠들어 있어야 할 것 같고
달이 서산 너머로 지기 전까지는 어쩐지 깨어 있어야 할 것 같은
곳.

수천 년 된 유럽문화의 향기를 느끼며
수백 년 된 호화스러운 유럽식 건축 속에서
수십 년 된 탱고가 흐르는 카페에 앉아
2페소짜리 에스프레소를 즐길 수 있는
곳.

구름조차 물들여버릴 듯한 파란 하늘과
같은 빛깔로 거리를 물들이고 있는 아르헨틴 블루와
그 경계를 메우고 있는 유러피안 대리석 앞에
내가 서 있는
곳.

그
곳.

부에노스 아이레스.

Bar Sur
Buenos Aires
탱고를 안강심야
포도주에 취해가며.
2003. 12. 29.
○○○.

고생 끝에 도착했던 곳은
그래도 바다였다.

부푼 꿈을 안고 도착한 이곳에는
3월 29일 화요일의 월미도 앞바다 같은
잿빛 남대서양이 있다.
게다가 동쪽 바다인 것이다.

멍하니 에스프레소를 한 입에 털어 넣으면서도
감각이 없어진 입 안에 파리쟈 요리를 쑤셔 넣으면서도
노인들과 아이들만 가득한 번잡한 거리를 헤매면서도
조금 차갑고 적당히 센 바람을 맞으며
바닷가에 주저앉아 있으면서도
아무래도
내가 현실에서 잠시 비켜 나와 있는 느낌이다.

아니, 차라리 십오 년 전의 이 도시로
타임머신을 타고 침범해
방황하고 있는 꿈속이나.

잠시 들어가 본 현실의 인터넷 안에는
실로 간만에 '그녀' 가 남겨준 메시지가 들어있었다.
따뜻한 정종 한 잔이
그리워져 버렸다.

격렬하게 침대와 사랑을 나눈 끝에 감기 기운을 떨쳐냈다.
새로운 몸으로 돌아본 언덕배기에 위치한 동네는 무척 예뻤다.
바다 색깔은 안면도 앞바다처럼 바뀌었고
차가운 공기와 어울리는 맛있는 핫초콜릿을 파는 카페도 발견했다.

2003년의 마지막 밤.
홀로 외로이
라이브 음악을 연주해주는 꽤 분위기 좋은 레스토랑에 자리를 잡았다.
자정이 되자 뻥 뻥 뻥 뻥 하고 샴페인들이 터져댔다.

레스토랑에 있는 사람들 중 90%의 사람들은 샴페인 잔을 들고 돌아다니며
"행복한 새해 되세요." 하고 인사를 나눈다.
나머지 10%의 아저씨들은 5년 전 핸드폰 모델을 들고
친지에게 전화를 걸어 점잖은 목소리로
"행복한 새해 되십쇼. 고맙습니다. 좋아요. 좋아요. 좋아요. 안녕히."
라는 대사를 기계적으로 반복한다.

웨이터는 새해 기념 무료 안주 접시를 테이블마다 놓고 다니고
사장 할머니는 손님들에게 일일이 뽀뽀를 하고 다닌다.
나는 젊은 동양인이라고 특별히 강력하고 긴 뽀뽀를 두 번이나 받았다.

'여기에도 이런 문화가 있군' 하며 부럼 역할로 나온 호두와 아몬드 열매들을
신기하게 쳐다보고 있었더니,
말 못하며 쓸쓸하게 혼자 있는 동양 꼬마애를 도와줘야겠다는 생각이 들었는지
지금까지 고귀한 자세와 표정을 유지하고 있던 옆 테이블의 아줌마가
도도하게 걸어와 호두를 테이블에 올려놓더니
순식간에 당수로 껍질을 아작내어 버린다.

그리고는 수줍은 미소를 지으며
"이렇게 먹어야 행운이 와." 하고 말했다.

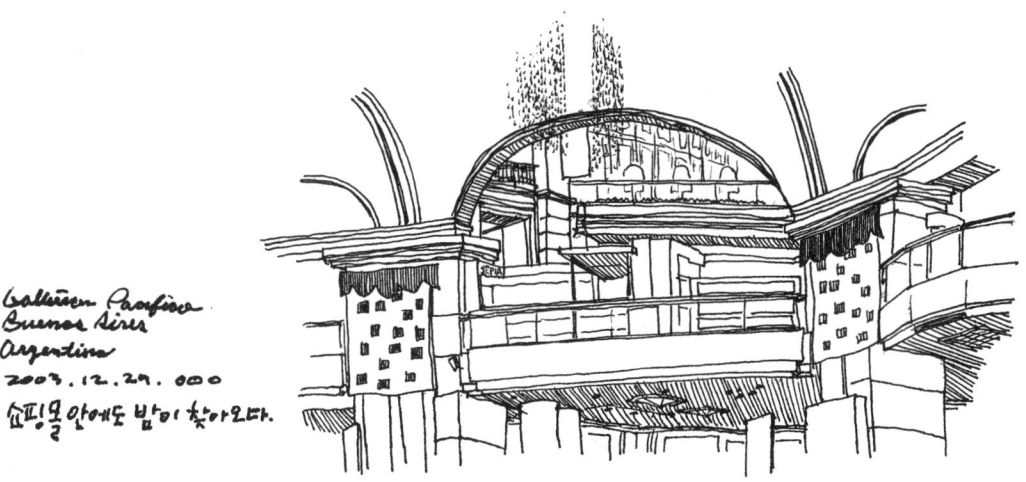

Galterias Pacifico
Buenos Aires
Argentina
2003. 12. 29. 000
쇼핑몰안에도 밤이 찾아오다.

크리스마스에 맥도날드가 문을 닫았던 것보다
더 충격적인 일이 발생했다.
이 화창한 연말에 카지노가 굳게 문을 닫아버린 것이다.

카지노에서 밤을 새고  새벽에 일출을 보겠다는 계획은 물 건너갔다.
지난밤 열심히 이미지 트레이닝을 했던 룰렛 훈련도 물거품이 돼버렸다.

새벽 한 시에 터덜터덜 호텔로 들어가 잤다.

그리고 새해 첫날,
지구를 통틀어 한국과 가장 먼 곳에 위치한 이 곳에서
정오쯤 일어나  이미 머리 꼭대기로 올라가버린 태양을 보러 나갔다.

단 하루 사이에 유령 마을은 북적대는 해변 관광지로 변해있다.
여전히 꿈속을 헤매고 있는 기분이다.

2004.1.1. MAR DEL PLATA
ARGENTINA
AMERICA
DEL SUR.

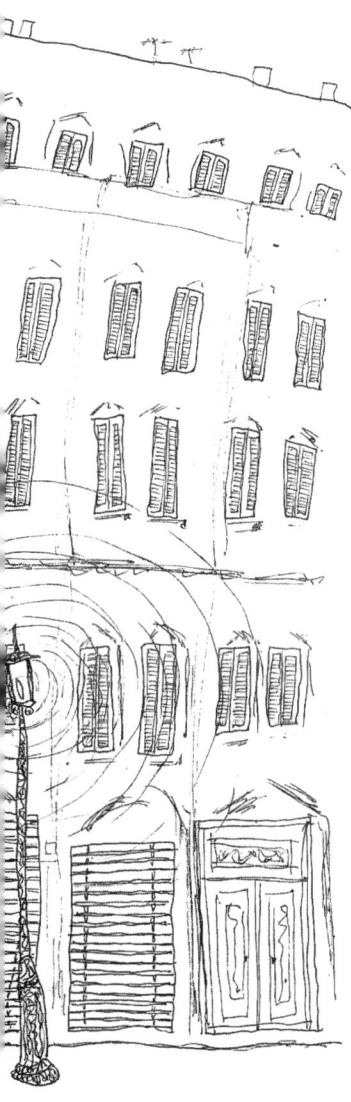

늘어지게 늦잠을 자고 일어난 일요일 오전,
주말이라면 교회도 문을 닫아버리는
평일에만 정열적인 이 남유럽계 이민자들에게 순응하며
교외의 예수마리아市에 다녀오기로 했다.
그곳에 일요일 오후 세 시부터 문을 여는 박물관이 있었기 때문이다.

시골마을의 정취를 한껏 즐기고
느지막하게 돌아온 꼬르도바에는
맥도날드와 아이스크림 가게 하나, 바 하나만이
문을 열어놓고 있다.
차례로 하나씩 들렀는데
빅맥을 첫 입 깨물면서부터 맥주 1리터를 비우는 순간까지
손님은 나 혼자뿐이었다.

호텔로 돌아오니 객실이 오십 개나 되는 이 음침하고 낡은 건물에
투숙객이 있는 방은 단 두 개뿐이다.
무척이나 지루한 예술영화를 찍으면 딱 어울릴
최상의 조건을 갖춘 일요일 밤이다.

나는 이 영화의 주인공.
2004. 1. 4.  córdoba 000.

하루 종일 내 어설픈 신용카드로
앞으로 갈 곳들의 비행기표를 사는데 시간을 보냈다.
어둠이 내릴 무렵 결국 열한 장의 티켓들을 손에 쥐게 되었다.
여행에 특별한 일정이 있는 것은 아니었다.
그랬기에 다음 목적지를 정해 비행기표를 사는 일은
그때마다 정해야할 문제였다.
다만 강도 덕분에 내 손엔 제한이 많은 임시 신용카드 하나만 남았기에
또 다른 문제가 생기기 전에 대충 잡은 향후 일정의 모든 노선을
미리 사버렸다.

칠레 Chile

얼마 남지 않은 돈이 사람을 꽤 위축되게 만든다.
산티아고에서 돈을 인출하지 못하면 이스터섬도 포기해야 한다.
다 잘될 거라고 믿지만
그렇게 중얼거리면서도
마음속에서는 소심한 상상들이 뭉게뭉게 피어난다.

칠레 북부의 사막에 떨어지자 은행은 없고
물가는 의외로 비싸 오지에서 빈털터리가 되어버렸다.

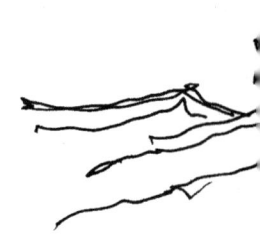

SOCAIRE, CHILE
2004. 1. 9
030

47

에피소드가 없는 시간의 나날들.
여행의 목적조차 망각하게 만드는
이 오지의 대기에서는 텁텁한 가루먼지의 냄새가 난다.

같은 방을 쓰는 미국 녀석과 옆방 독일인 커플의
스페인어 능력이 제로인 관계로
호스텔 주인아줌마에 의해
졸지에 영어, 스페인어 통역사가 되어버리다.

한국 통화만큼이나 뒤에 0이 많이 붙는
칠레의 페소는 끝끝내 스트레스다.

지침.

LAGUNA MERIQUES
SAN PERDO DE ATACAMA, CHILE
사천삼백 고지에 다시 올라.. 2004. 1. 9. 000

49

남미에서 관광지가 아닌 작은 도시에
일요일에 도착하는 것보다 더 끔찍한 일은 없을 것이다.
세상에서 가장 고립되고 심심한 곳이다.
구석구석 뒤져 찾아낸 PC방마저 없었다면
미쳐버렸을지도 모를 일이다.

시설이나 속도에 있어서는 다소 뒤지지만
남미 곳곳에는 PC방들이 꽤 산재해 있다.
또한 오지에서조차도 반가운 한국노래를 들을 수 있는
오락실의 PUMP 기계는
남미에서 최고의 인기를 누리고 있다.

남아메리카의 작은 도시에서 보내는
일요일은
잠이 달아나버린 새벽 두시만큼이나
막막하다.
그리고
적막하다.
17호실, 민박집 Toño, Calama, Chile
2004. 1. 11. ○○○.

SANTIAGO
CHILE
2004.1.13
ㅇㅇㅇ.

감동과 행복이 난무하는 산티아고여.
가난한 내게 현금을 주시고
배고픈 내게 핫도그를 주시는군요.

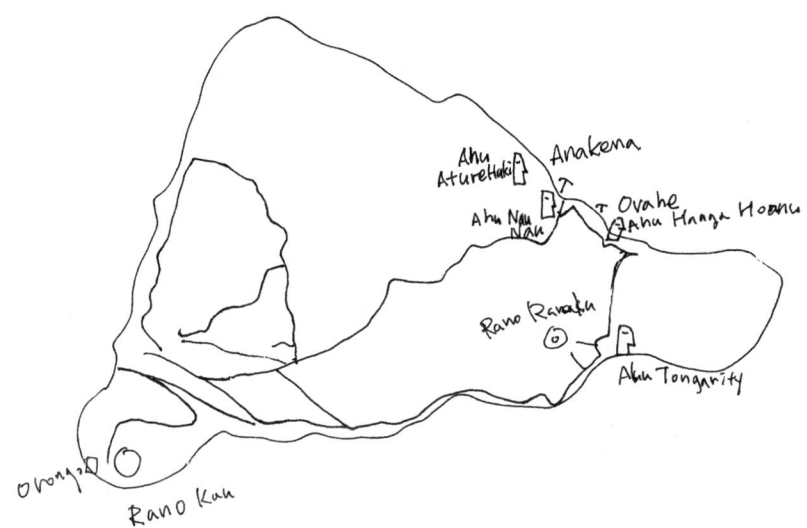

서유럽계 사람들을 가득 실은 란칠레 항공 보잉 767기를 타고
또 하나의 환상과 마주하고자 서쪽으로 날아간다.

초등학교 국어 교과서에 있었넌 참치 삽이를 하는 삼촌이
조카에게 보내는 편지에 대한 기억이 내가 가진 이미지의 대부분을
차지하는 남태평양이 끊임없이 펼쳐진다.

남미대륙도 여름이었지만 준열대지구에 속하는 이스터섬에 내리는 순간
밤 아홉 시가 넘은 시간임에도 후끈하고 습한 공기가 닥쳐왔다.

드디어, 이스터섬에 온 것이다.
어린 날의 환상을 찾아.

결국 모아이 석상 앞에 서게 되었다. 가장 가까운 남미 대륙에서도
큰 비행기로 다섯 시간이 걸리는 남태평양의 작은 섬, '지구의 배꼽'에 발을 디딘 것이다.
하늘보다 더 큰 대기 아래 검은 현무암을 때리는 웅장한 파도 소리를 배경으로
동경해 마지않던 세계의 불가사의는 그렇게 서 있었다.

머나먼 수평선 위에 떠 있는 구름 뒤로 태양이 질 무렵, 여전히 먼 하늘을 응시하고 있는
한 석상이 만화영화에 나오는 돌처럼 근엄한 목소리로 무슨 말이라도 할 것 같은
오묘한 기분에 빠져들기 시작했다.
주간지에 '오영욱 신비체험, 모아이 석상과 대화하다'라는
기사가 실릴 수도 있다는 기대 속에 그에게서 몇 발치 떨어진 곳에 쭈그려 앉아
무턱대고 기다리기로 했다.
하늘은 점차 밤을 준비하는 빛으로 바뀌어 간다.

"제주도에 나랑 비슷한 어르신이 계신다지?"

허기진 배를 달래려 자세를 고치던 중 이런 말이 들려왔다.
근엄하지도 않고 바이브레이션이나 울림도 없는 목소리다.
생각해 보니 그건 내 목소리였다.

'아니야, 내가 상상하면 안 돼. 분명히 석상이 말을 할 거야.'

보아하니 석상이 쉽게 입을 열 것 같지는 않아. 맘을 편하게 먹기로 했다.
구름 뒤의 태양은 수평선 가까이까지 내려갔다.
바다 내음이 은은하게 풍기는 습한 바람이 겨드랑이를 스친다.

"우씨, 왕년에 잘 나갔던 내가 이렇게 구경거리로 전락해 버리다니."

얼핏 들은 듯했다. 하지만 영험한 석상이 이렇게 경박하게 말할 리 없다.
또 한 번, 내 상상력이 작용했던 것이다.

해가 사라져야 입을 열지도 모른다는 생각을 했다.
눈치 없는 나의 배는 계속해서 꼬르륵거린다.
……
북풍이 구름 한 덩이를 저 먼 곳으로 보내고 일몰을 보겠다고 찾아온 젊은 부부의
구식 카메라 셔터 소리가 멎을 때쯤, 지구는 몸을 틀어 태양이 보지 못하도록
숨어들고 대기는 어둠을 준비한다.

그제야 모아이 석상이 한 마디했다.

"어떤 말도 기대하지 말게나."

Ahu Tahai ...
Easter Island..
2004. 1. 15. 000.

어떤 말도
기대하지 말게나...

이스터섬의 경관은 더도 덜도 아닌 제주도의 모습이다. 물론 제주도에 볼거리가 더 많고,
게다가 훨씬 더 많이 망가져버렸지만 현무암이 연출해내는 멋진 경관의
콘트라스트는 내 현재 위치를 착각하게 만든다.
그래도 이곳은 남태평양의 외딴 섬, 환상을 머금은 이스터섬이다.

160,000원이라는 거금을 들여 4륜구동 오토바이를 사흘 동안 빌렸다. 사람들을 가득 실은
대형 비행기를 타고 이곳에 왔었다는 것이 믿기지 않게, 요란한 엔진소리를 자랑하는
오토바이를 타고 다녀 봐도 사람들을 구경하기가 쉽지 않다.

하루 종일 자외선에 노출된 끝에 섬을 한 바퀴 돌아 서북쪽의 아키비 석상 앞에 서게 되었다.
섬내에서 유일하게 석상들이 바다 쪽을 바라보고 있는 곳이다.
그늘 하나 없는 너른 들판에 일곱 모아이 석상들을 마주보고 양반다리를 하고 앉았다.
작열하는 남반구의 태양에 내가 쓰러지는 한이 있더라도 대화를 나누고 말겠다는
강렬한 의지를 불태운다.
이번에는 내가 먼저 입을 열었다.

Ahu Akivi
Easter Island.
2004. 1. 16. 000

"저, 제기 오늘은 피곤해서 헤 질 때까지는 못 있는 답니다."

묵묵부답.

그러고 보니 해지는 시각인 저녁 아홉 시까지는 아직 다섯 시간이나 남았다.
얼굴이 벌겋게 익어 오르는 것을 느끼며 가능한 햇살이 덜 파고들게
온몸을 웅크린 채 내 몸 위로 기어오르는 개미들의 숫자를 세기도 하고
하루 종일 아껴두었던 토마토를 꺼내 맛나게 먹기도 했다.
뜨거운 여름볕 아래 매미 소리가 얼마나 소중한 것인지 새삼스레 느끼게 된다.
고요한 무더위와 단지 기어다니기만 하는 개미는 한국식 여름의 낭만과는 거리가 멀다.
하여간 오늘은 석상님이 일곱이나 되니, 시간가는 줄 모르고 익어가고 있었다.

입구에서 기념품 노점을 하는 처녀들마저 철수하고 나와 석상들만 남게 되었을 때,
일곱 중에서 가장 냉소적으로 생긴 석상이 입을 열었다.

"자네, 꽤 오래 앉아서 버티는군."

조금 많이 익어버렸다.
2004.1.17
Easter Island
OOP.

토요일은 민박집 바깥주인 로렌소 테파노 씨의 생일이다. 섬마을에 사는
테파노 성을 가진 사람들이 섬 북쪽 자기네 경작지에 모여 파티를 열었다.
나는 다른 두 손님인 영국인 닉과 크리스티와 함께 초대받았다.

슈퍼에서 콜라 한 병이랑 와인 한 병을 사고, 쿠바에서부터 정성스레 가지고 다녔던
여섯 개들이 시가 한 박스를 포장지에 정성스레 싸서 파티 장소인 농장으로 갔다.

쿠바 시가 한 박스는 아깝기도 하고 정도 들었지만 언젠가는 불에 타 사라질 것,
지난밤, 수박 한 조각을 대접받은 감동에 선물로 드리기로 결정했다.

한 시부터 맥주로 시작된 파티는 섬 전통방식으로 익힌 고기요리를 먹은 후
와인, 피스코, 꼬냑, 위스키로 이어지며 춤까지 곁들인 채 끝날 생각을 하지 않는다.

해지기 전까지 세 시간 가량 남았을 무렵, 오늘도 석상님을 알현해야 한다는 생각에
먼저 간다고 말했다가 위스키 한 잔을 원샷해야 했다.

모든 모아이를 다 찾아보려면 가야만 한다니까
나이가 지극하신 테파노 씨의 누님께서 거나하게 말씀하신다.

"모아이 여기 있잖아. 내가 모아이야."

모아이는 이스터섬 주민들의 조상신인지라
여기 사람들이 모아이라는 것도 틀린 말은 아니다.
덕분에 오늘은 라파누이말과 스페인어, 영어가 적당히 섞인 언어로
살아 있는 모아이들과 실컷 대화를 나눴다.
예를 들면 이런 대화다.

"자네 어디서 왔나?"

"한국이요."

"곤니찌와!"

"그건 일본말인데요?"

"엥? 한국말이랑 일본말이랑 다른가?"

"네, 무지 달라요."

"몰라, 여하튼 어려운 말들이야."

"예, 두 말이 세상에서 배우기 제일 힘든 말들이죠."

"그래도 우리는 일본을 좋아해. 칠레 정부는 우리에 대해 신경도 안 쓰는데 일본은 돈을 들여 넘어진 모아이들을 세워주거든."

"여기 섬 분들은 보통 칠레를 싫어하나요?"

"엿같지."

내가 모아이야.

곤니찌와.

엿같지.

터파노씨의 생일에.
2004. 1. 17.
Easter Island
OEO.

사건사고가 없으면 큰일이라도 나는 듯, 또 한 건이 터졌다.
애지중지 모시던 4륜구동 오토바이를 주인집 막내 청년에게 빌려줬더니
폭풍처럼 질주하고 나서 망가뜨려서 왔다.

실은 빌려주는 게 내키지 않았지만, 영국인들한테는 빌려주는 걸 들켜버렸고,
그리 위험한 기계도 아니었으며, 여느 섬사람들처럼 평소에 오토바이를 타고 다니던
녀석인데다가, 저 재밌는 걸 얼마나 타고 싶었을까 하는 생각에 주인아줌마의
독려 속에 키를 내주었던 것이다.

앞 동네를 돌고 올 줄 알았던 녀석은 제 여자친구를 태워다가
섬을 두 바퀴는 돌았는지 기름이 바닥이다.

일요일이라 문을 닫은 카센터 문을 두들겨 견적을 의뢰했더니
칠레 페소로 0이 다섯 개나 붙은 가격이 날아온다. 엔진이 완전히 타버렸다는 거다.

수리비 450불에 5일간 대여보상금 250불, 도합 700불을 주머니 탈탈 털어
렌트회사에 물어주고 민박집으로 돌아왔다. 하루에 20,000원짜리 방 두 개를 가지고
먹고 살아가는 대가족에게 700불은 가늠이 되지 않는 액수다.
막내 녀석은 잠적해 버렸고, 어머니는 어쩔 줄 몰라 한다.
연거푸,
"나쁜 놈들, 분명히 그 많은 돈으로 새 오토바이를 사려는 걸 거야."
하고 중얼대다가 역시 사라진다.

시간이 좀 지나자 집은 조금 안정을 찾고 뒷마당에서는 음악도 흘러나온다.
나만 혼자 속상하고 나머지 가족들은 섬사람 특유의 여유를 찾아가는 것 같아 얄밉다.
어쨌든 내 잘못이니 누굴 탓할 수도 없다.

오늘 섬의 나머지를 돌며 남은 모아이들을 보고 오려던 계획은 물 건너갔다.
아쉬운 대로 민박집 벽에 걸려있는 포스터와 대화를 나눌 수밖에 없다.
석상들이 갑자기 존댓말을 쓰기 시작한다.

"상심하지 마십시오. 당신은 이곳에서 다른 사람들보다 700불어치 더 얻어가는 것입니다."

그런 말은 지나가는 똥개도 할 수 있다. 차츰 모아이도 얄미워 보이기 시작했다.
"인생지사 인과응보이지요."

사실 내가 그동안 저질렀던 나쁜 일들을 생각하면 그 막내 녀석이 돼지지 않은 것만 해도
감지덕지다. 그렇다고 모아이가 예뻐 보이지는 않았지만 시간이 지나며
차츰 안정을 찾아갔다. 조만간 불현듯 다시 떠오르며,
날아가 버린 돈에 심장이 좀 많이 타겠지만서도 말이다.

모아이 석상과 마주했던 첫날, 왜 석상이 아무 말도 하지 않았는지 알 것 같다.
석상들은 그 형체는 남아 있었지만, 이미 오래 전, 리더스 다이제스트의
'세계의 7대 불가사의'에 실리기 전부터 그 영혼은 자신의 육체를 포기했던 것이다.

무표정하게 전방 15도를 응시하던 인쇄된 모아이는 마지막으로 한 마디했다.

"당신은 멋진 모아이가 되십시오."

Easter Island
2004. 1. 18. 000

떠나는 날, 이스터섬의 하늘은 표정이 안 좋다. 밤새 폭풍우가 몰아치더니 아직 덜 갠 것이다.

유적지에서 기념품 노점을 하는 민박집 주인아줌마는 일하러 나간다며 방으로 찾아와
가장 팔리지 않을 것 같은 목상과 돌거북이를 주고 간다.
자그마치 700불짜리 기념품을 갖게 되었다.

느지막이 주인아줌마가 준비해놓고 나간 아침을 먹었다. 빵과 망고잼, 커피뿐이던 아침은
치즈와 햄, 그리고 계란 프라이가 곁들여져 진수성찬을 이룬다. 평소에는 준비해놓지 않던
곱게 접혀 놓여있는 냅킨에 주인아줌마의 미안함이 잘 드러난다.

집에 있는 것 같은 막내 녀석은 끝내 모습을 드러내지 않는다. 짐을 다시 싼 후,
예쁘게 생겼지만 무척 터프하고 무서운 주인집 둘째 딸에게 택시를 불러달라고 했다.
그녀 역시 오늘만은 내게 조심스럽다.

옆집의 테파노 씨 동생과 작별 인사를 하고 그의 두 딸들의 뽀뽀를 받으며
떠날 준비를 했다. 열다섯 살 난 막내딸과는 함께
오토바이로 섬 한 바퀴 돌기로 했던 것이 무산되어 더욱 섭섭하다.

작은 공항에 도착해 하나뿐인 카운터에서 체크인을 하고 야외 대합실에 앉아
정원에 가져다 놓은 모아이 석상을 멍하니 바라보고 있었다.
"영!"
멀리서 내 이름을 '여자'가 부른다. 고개를 돌리니 공항 밖 능형망 펜스에 붙어
내게 손짓하고 있는 주인집 둘째 딸이 보인다. 내가 뭘 놓고 갔나 싶어 가봤더니 터프하게
포장된 무언가를 역시 터프하게 담장을 기어올라 매달린 채로 건네주려 한다.
"가져."
"이게 뭔데?"
"받아, 짜샤!"
역시 터프하고 무섭다. 받아보니 이곳의 공예품이다. 자기 가족 때문에
우울하게 떠나는 나를 그냥 보내긴 아무래도 미안했는지 공항까지 찾아온 정성이 고맙다.
"나 화장실 간다. 남은 여행 잘 해!"

그녀는 사라지고, 순식간에 벌어진 일에 잠시 멍해졌다. 정원의 모아이 석상이 곁눈질하며
웃는다. 그제야 거의 스물네 시간 동안 인상을 쓰고 있던 내게서도 미소가 새어나온다.

얼마후, 타히티섬에서 출발한 비행기가 빗속을 뚫고 착륙했다.
행복과 좌절이 교차했던 이스터섬을 떠나기 위해 일어섰다.
"영!"
멀리서 내 이름을 또 '여자'가 부른다. 고개를 돌리니 공항 밖 펜스에 붙어
무서운 표정으로 내게 손짓하고 있는 주인집 둘째 딸이다.
다시 쭈뼛거리며 그곳으로 갔다. 무언가를 또 건넨다.
"이것도 너 해!"
"왜 주는데?"
"그냥 받아둬, 짜샤!"
역시 마지막 순간까지 터프하고 무섭다. 그녀가 건네준 것은 작은 열매들을 꿰어 만든
목걸이다. 시간상 집에 다녀온 것 같은데 그 마음이 감동적이다.
"이제 가. 안녕!"
펜스의 조그만 구멍으로 두 손가락을 내밀어 악수를 하고 자리로 돌아와 비행기에 오를
준비를 했다. 잠시 퍼붓던 소나기는 멈추고, 멀리 파란 하늘이 보이기 시작한다.

기의 유럽인인 사람들 사이에 끼이
비행기로 향하는데 공항 정원의 모아이 석상이 배웅한다.

"잘 가시게."

잘 가시게.

Easter Island
2004. 1. 19
000.

# 남미를 떠나며

2003년 9월 24일 멕시코를 떠나 어쩐지 서먹한 페루의 리마공항에 내린 지 정확히
네 달이 지난 지금, 많은 기억과 사고를 간직한 채 이 대륙을 떠납니다.

프랑스령을 포함해 모두 13개 나라가 있는 이 남미 땅에서 내가 거친 곳은
비록 4개국뿐이지만, 이름만 들어도 설레며 오랜 시간 환상을 품고 동경해오던 마추픽추와
안데스고원, 아마존정글, 이구아수폭포, 그리고 이스터섬을 만날 수 있었습니다.

물론 남미대륙에는 베네수엘라의 높이 1킬로미터짜리 살토안헬폭포에서부터
아르헨티나의 빙하, 칠레와 아르헨티나에 걸친 호수지구, 브라질의 코파카바나해변과
살바도르市, 에콰도르의 갈라파고스제도, 페루의 와라스, 볼리비아의 우유니 등
전 세계인들이 꿈에 그려 마지않는 목적지들이 많이 남아 있습니다.

하지만 부지런함을 포기하고 속도를 늦춰가며 진행하는 여행은
굳이 애써 찾으려하지 않아도 만나게 되는 현지인들의 삶과 가까워질 수 있다는
이점이 있습니다. 페루에서 간신히 기본적인 의사만 표할 수 있게 배웠던
스페인어가 여행을 다섯 배는 즐겁게 해준 선물이었지요.

남미에 있으면서 많이 변한 것 중에 입맛이 있습니다.
이제 소금을 쳐서 먹는 샐러드에 익숙해졌고,(그게 맛있고) 샌드위치에 올리브 덩어리
한두 개 곁들여주지 않으면 어쩐지 서운합니다. 커피는 에스프레소에 우유와 설탕을
듬뿍 넣은 것이 좋고, 물을 선택할 권한이 있으면 가스가 들어간 것을 고르게 됩니다.
인스턴트 일본라멘에 김치 대용으로 곁들여 먹던 마요네즈를 찍은 생양파도,
비상식량이라고 하기엔 너무 자주 먹었던 참치캔도, 한국 햄버거집 저리가라 할 정도의
언밸런스한 패스트푸드점의 김빠진 음료수들도 가끔 그리울 것 같습니다.

내 나이 또래에서, 그리고 여행을 업으로 삼고 있지 않은 사람 중에서는
많이 쏘다닌 편인 것을 압니다. 그래도 항상 비행기를 타러 가는 길은 설레고,

언제나 비행기에서 먹는 밥은 맛있으며, 여전히 창가 쪽 자리를 선호합니다.
하지만 더 이상 예전처럼 깨알같이 일기를 써가며 간직하고픈 생각이나 감정들은
많지 않고, 거의 10년 전 낯선 외국 땅에 혼자 남았을 때처럼 심장이 요동치는 긴장도
없습니다. 눈물이 날 것 같은 감동은 오히려 당일치기로 운문사의 저녁예불을
다시 마주할 때 더 크게 일어날 듯합니다.

이미 졸업도 했고, 나이도 찼고, 다니던 회사까지 때려치우고 선택한 여행을 나름대로
합리화시키고자 '건축'을 깊숙이 끌어들여 왔습니다. 사실 '건축을 공부하고자 여행을
하노라' 하고 자신 있게 말하고 싶지만 조금 망설여집니다.
아직 여행이 진행 중이기 때문일지도 모르겠습니다.

이러한 이유로 그저 이렇게 한국과 정반대의 위치에 많은 질문들만을 남겨놓고
이 곳, 남아메리카 내륙을 떠나야힐 듯합니다.

다시 지구를 반 바퀴 돌아 한국 땅에 서게 되있을 때,
해답을 찾을지도 모를 일입니다.

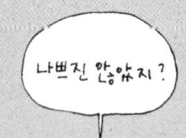

남아프리카 공화국 South Africa

내 도미토리룸*이 잠겨버린 새벽 다섯 시 반,
영락없이 아침잠을 못 자는 신세가 되어버렸다.
자고 싶어도 잘 수 없는 신세가 되고 나니
무척이나 자고 싶어졌다.
이 새벽에 쉴 새 없이 왔다 갔다 하는 녀석들은 뭘까?

지구는 소리 없이 움직이고
그 고요함을 새벽의 아이들이
깨운다.

*원래는 기숙사를 뜻하는 일본어, 민박에서는 다인실 ホ人室을 의미한다.

호텔에서의 많은 여정들은 좀처럼 잘 기억나지 않는데 그라그라스쾨른에서 아르가우의 제메링으로 넘어오던 그 기억만은 잊혀지지 않는다... 아르가우의 제메링에서 넘어오던 그 기억만은 잊혀지지 않는다... 休息. 한 잔의 우유처럼.

지구가 잠시 자전을 멈춘 듯
세계는 어둠 속에 묻혀 고요하다.

그 침묵을 깨우는
방음시설이 형편없는 호스텔의
요란한 변기 물 내리는 소리가
인류의 문명을 느끼게 해준다.

하루 종일 호스텔에 처박혀 빈둥거리고 있는
나를 보다 못한 중국계 미국 아줌마 여행객이
내 귀를 잡아끌며 교외로 데리고 나가 펭귄 무리를 보여줬다.

Big Blue Backpackers
Capetown, S. Africa
2004. 1. 25. 000

내가 생활하는 10인용 공동침실에서는
세계 각국에서 몰려온 아홉 명의 여자들이 나름대로의
여행을 만들어가고 있다.
거기까지야 내가 상관할 바 아니지만
사실
조금 외롭다.

아주경쾌한 걸음걸이.
2004. 1. 28.  OOO

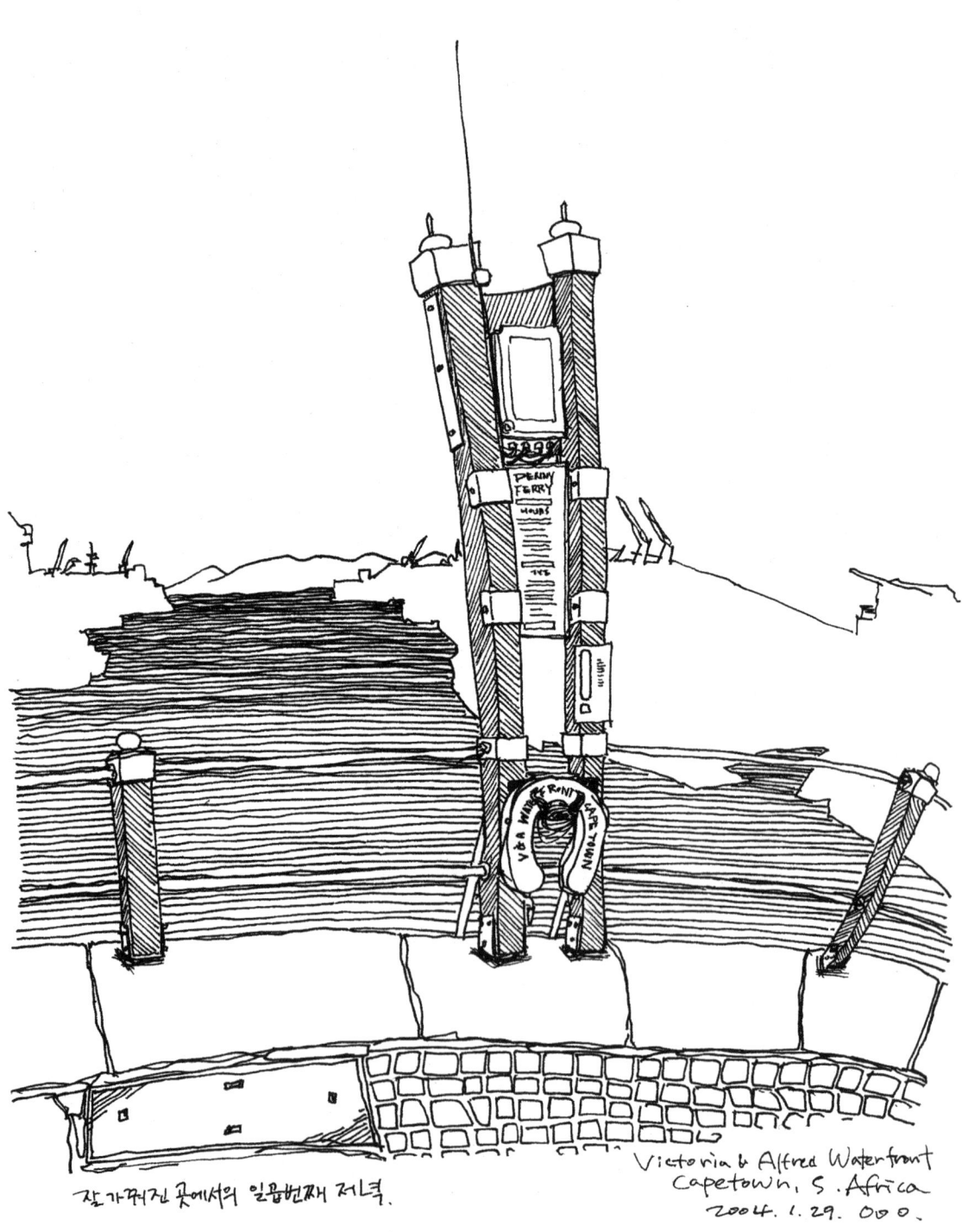

짠 가꺼진 곳에서의 일흔번째 저녁.

Victoria & Alfred Waterfront
Capetown, S.Africa
2004. 1. 29. OOO.

7박 8일의 짧지 않은 시간을 머물렀던 남아프리카의 입구 케이프타운을 벗어난다.

케이프타운을 내려다보는 그 유명한 테이블마운틴 정상도,
영국의 향취가 물씬 풍기는 고풍스런 시내 중심가도,
가장 오래된 건물인 시내 한 편의 거대한 희망성도,
누구나 경탄해마지 않는 곳곳의 영국식 정원들도,
유명한 남아프리카의 와인 양조장들이 떼거지로 몰려있는 곳도,
지구의 끝이 보일 것만 같은 대서양의 해수욕장들도,
그리고,
사방팔방 산재해 있는 수많은 박물관들도,

그 어떤 곳도
가보지 않았지만
아무 미련 없이 짐을 정리하며 다시 먼 길을 준비한다.

낚미의 여독을 풀어준 길었던 잠도,
다시금 유럽식 배낭여행의 체제에 적응하던 며칠간의 시간도,
옛 항구에 나가 길바닥에 주저앉은 채 들었던 거리연주가들의 재즈도,
벨기에 식당에 찾아가 큰 돈 내고 먹은 생굴과 홍합 요리도,
아프리카 옷을 입고 셔츠를 걸쳐, 치마 입은 남자로 오인받아 웃음거리가 되었던 일도,
부둣가에서 전방 30센티미터 앞의 여덟 마리 갈매기들에게 둘러싸인 채
피쉬 & 칩스를 먹던 일도,
10인용 도미토리룸에서 아홉 명의 여자들에게 둘러싸여
강력한 음기를 느끼며 밤새 잠을 설치던 일도,
그리고,
유럽인들의 환희와 아프리카인들의 좌절이 교차하는 희망봉의 끝에 올라섰던 감회도
오랫동안 잊혀지지 않을 기억이 될 것이다.

그렇게 케이프타운에서의 마지막 밤을 보냈다.
좋은 사람과 함께 다시 올 것을 기약하며.

다행히 감당이 되는 차분한 토요일밤에⋯
호텔내 바에서.

76

Island Vibe Backpackers
Jeffreys Baai
South Africa
2006. 1. 31
ⓒⓒⓞ

느지막이 일어나 바다를 보며 간단한 아침을 먹고
그늘에 앉아 파도소리를 음악 삼아 책을 뒤적거리다가
한적한 해변을 걸어 작은 레스토랑에 들어가 버섯버거를 먹고
오후 햇살을 피해 침대로 돌아와 달콤한 낮잠에 빠지고
늦은 오후 햇살 아래 바람에 머리카락을 맡기며 책을 읽고
이것저것 몽땅 집어넣어 직접 만든 저녁을 먹고
호스텔 내의 바에 가서 남아공산 맥주를 마시며
가볍게 취하고 나니
어느덧 자성이 되어버렸다.

의식을 놓아버린 바로 그 느낌.

아마꼬에 이어
두번째로 시간을 놓아버리다.
Jeffrey's Baai, S.A.
2004. 2. 1

하루 종일 바다를 보며 앉아있었다.

제프리스 베이는 남아프리카 공화국 남쪽 해안에 위치한
세계 파도타기 마니아들의 집결지다.
성수기는 남아프리카의 겨울,
우리나라의 여름이다.

오전에 한 시간 동안 서핑을 했고
저녁에 맥주 네 병을 마셨다.

간밤에 잠을 설쳤다.
4인용 도미토리룸에서 여자 세 명 사이에 낀 채로 잤던 것이다.
아무리 생각해도
난 여자에 너무 약하다.

오늘은 육풍이 분다.
매서운 바람이 차가운 인도양과 어우러져
서핑을 한답시고 바닷속에 있던 나의 이빨을 달달 떨게 한다.
게다가 오늘은 파도에 조금 많이 얻어맞았다.
강력한 햇살이 민망하게 코를 훌쩍이며 오후를 맞이한다.
엿새째 되는 내 4인용 도미토리에는
다시 새로운 손님이 들어왔다.
영국인, 캐나다인, 벨기에인에 이어 아르헨티나인이다.

그녀는 호스텔 내 다른 아르헨티나 여자 애 둘과 함께 시내로 나가버리고
다시 나 혼자 남았다.

다른 때라면 5분도 안 걸릴 '나갈 준비'를 한 시간에 걸쳐 서서히 한 후
해변을 따라 반 킬로미터쯤 가면 있는 테이크 어웨이 상점으로
매력적인 버섯버거를 먹으러 갔다.

남극으로부터 파도가 밀려온다.
Jeffrey's Baai
2004. 2. 4. ○○○.

차타고 10여 분만 가면 폭포가 있다는 호스텔 주인의 말에
나를 포함한 호스텔 죽돌이들이 오전에 집결했다.
약간의 돈을 지불하기로 하고 근원을 알 수 없는 억양의 영어를 구사하는
주인장 롭의 30년은 된 듯한 왜건을 타고 동쪽으로 달렸다.
운행 중에 차문이 저절로 열리고,
운전하는 롭 녀석의 한 손에 맥주병이 들려 있던 것만 빼면
그럭저럭 괜찮은 드라이브 코스였다.

역시 강렬한 햇살이 내리쬐는 가운데, 기찻길을 하나 건너고 농장을 하나 지나
'폭포'에 도달했다.
폭포의 낙차는 탓할 바 없었지만, 자기 전에 의무적으로 처리하는
그리 마렵지 않은 오줌줄기처럼 소리 없이 떨어지는 한 가닥 물줄기는
폭포라는 이름을 무색하게 한다. 비가 조금 오는 계절이 되면
물미끄럼틀을 탈 수 있다는 설명에도 어쩐지 좀 썰렁하다.
하지만 계곡의 풍광은 썩 괜찮았다. 독특한 나무들과 커다란 바위와
검은 물색깔이 어우러져 꽤 멋진 경치를 연출하고 있다.

게다가 이곳에는 절벽다이빙이라는 어트랙션이 준비되어 있다.
30미터는 족히 되는 절벽으로 기어 올라가 낙하한 후 풍덩 빠지는 건데,
여기저기서 뛰어내려본 나로서는 음낭 내에 전격 위치한 고환의 고통이 뻔히
예상되는 상처뿐인 용기를 발휘하고 싶지 않았다. 건너편에 가만히 앉아서
마냥 신난 녀석들이 풍덩 빠진 후 고통을 애써 참는 모습이나
여자 애들이 뛰어내리면 비키니 상의가 홀렁 벗겨지며 드러나는
예쁜 가슴을 구경하는 게 훨씬 재밌는 일이다.

모두가 영어를 쓰고 모두가 스페인어를 쓰고 모두가 독일어를 쓴다. 나만 한국어를
쓴다. 모두가 한국어를 쓰고 나만 다른 언어를 썼으면 좋겠다. 그러면 나만 한국어를
배우면 되니까. 지금은 대부분 영어를 쓰는 분위기인데 분위가 오묘한 녀석들이 쓰는
말들이라 중간중간 자주 등장하는 빠자만 알아듣겠다. 그래도 알아듣는 한 단어라도
있어서 다행이다. 만약 중국어를 듣고 있었다면 욕을 하는지 축원들을 하는지 감도 못잡고
내내 실실 웃고 있었을 것이다. 웃는 것은 좋은 일임에는 틀림없지만 돌기둥에 머리를 갖다
박아야만 할 만큼 웃기지도 않은 경우가 생긴다. 내 몸에 칼이 들어오는 그 순간에나 또 직전까지
나는 웃고 있었던 것이다. 강도가 보기에 얼마나 우스웠을까. 뭐 그래도 잘 살아온 편이라
여기고 오랜만에 잔잔하게 흐르는 마일스 데이비스의 음악에 다시 한번 웃음을 날린다. 실은
내 웃는 표정이 그리 나쁘지만은 않은 것으로 여겼었다. 오랜기간 여행하며 자주 내 사진을
찍게 되고 디지털 문명화에 의해 즉시 그 사진들을 확인해보면서 내 미소짓는 얼굴이 실로 상당히
끔찍하다는 것을 알게 되었다. 그래서 요즘은 약간 가식적인 미소를 짓는다. 그게 사진발은 더
잘 받는다. 그래도 역시 사진이 낫는 것이다. 마빈 혼자만 찍혀있는 사진들에 좀 아쉽긴
하지만 안 찍은 것보다는 낫다. 순간 종아리에 차갑고 축축한 것이 달아내려왔더니 다섯
종류의 여섯마리의 개가 빨갛거리며 내 다리를 핥고 있다. 그래도 개중 머리없는 암컷이어서
다행이다. 남자들이 내 몸을 빨아대는 상상을 지금 글을 쓰면서도 끔찍하다. 이런 상상을 하고 나니
머릿속에서 온갖 변태적인 생각들이 샘솟기 시작한다. 걷잡을 수 없이 자극적이 되기 전에
빨리 의식을 돌릴 필요가 있다. 사실은 몇몇이 이미 알고 있는 사실을 굳이 아는 척하는 것이지만
이 모든 의식이 결국 부질없는 것이라고 깨닫는 의식이 내 의식이 가야하는 곳이다. 모두가 스스로
다르다 하지만 나는 결국 누구와도 별다를 바 없는 나인 것이다. 기왕 별다를 것 없는 사람이
될 거라면 건축을 하는게 낫겠다. 배운 도둑질이 그것밖에 없다. 그러고 보니 막걸리 도적질을 했던
추억도 떠오른다. 책도둑과 막걸리 도둑을 이해한다. 막걸리는 맛있다. 맛있게 무언가를 먹었던
기억이 제일 많은 품목도 막걸리다. 소주가 그 뒤를 따른다. 누가 만들어냈는지는 몰라도 참 잘
만들었다. 어쨌든 노곤한 내 신세는 알코올로 세뇌되어 쓰러져 간다. 아무리 생각해도
행복한 인생이다. 처리내야 할 인생의 과제인 듯 마냥 매일같이 먹고 마시고 쓰러진다. 결국
똥색깔의 덩어리로 하수도로 가 없어질 것인데도 꾸준없이 먹어댄다. 배가 부른 것 외에
영양소라는 것이 있어 내 몸속 어딘가에서 그것들이 흡수된다는 사실은 신기한 일이다. 한편으로
만족스러운 일이다. 맛있는 걸 먹으면서 건강해지는 느낌을 가질 수 있는 것은 행운이다. 맛
없는 걸 먹으면서 건강에 도움이 되지도 않는 것은 무척 불행한 일인데 그렇게 운이 없는
사람이 따로 죽면의 행운, 즉 로또 당첨이 될 수밖에 없을 거다. 어쨌든 인생은 공평해야
하는 게니까. 그렇지만 내게도 로또 당첨의 기회가 오길 간절히 바란다. 당첨금을 받으면 정말
멋지게 한방에 쓰는 모습을 보일 수 없다. 돈을 쓰는 것은 정말 즐거운 일이다. 나의 소비가 다른
사람의 배를 불리워 주니 이 또한 한방에 새 두마리 잡기다. 그러고 보니 지금까지 살아오면서
정말 수많은 돈들을 뿌렸음을 느낀다. 당뇨리탕 생각이 불쑥 나며, 지난 삶을 마음껏하던 돈들에게
조의를 표한다. 내가 전생에 달이었는지도 모르는 일이다. 조류독감이 유행한다는데 왜 독감이라고
하는지 모르겠다. 아마 새가 열이 펄펄 나는 증세를 보이나 보다. 기침을 할 리는 없을 테니. 여하튼
이 유에서 닭을 더 열심히 먹어야 할 이유가 생긴 것이다. 집으로 돌아가면 아마도 닭 먹지 말라는
말을 제일 먼저 하실 듯 하니. 그러고 보니 집에 갈 비행기 탈 날이 며칠 남았었다. 어느덧 시간이
다 되어버린 것이다. 지난 시절의 한달간 여행도 무척 길게 느껴졌었던 것 같은데 이번의
7여 개월은 어찌보면 무척 짧았다. 무엇을 하고 어디를 갔었는지, 잠에 도착한 그날 밤에
홈페이지에 올려뒀던 그동안의 시간들을 읽으며 다시 추억할 일이겠지만 지금으로서는 과장 생각을
비워둘 수밖에 없는 일이다. 어쨌든 소중한 시간이었고 다음 여행을 준비할 시간이다.

제프리스 베이, 남아프리카 공화국, 아프리카
2004. 2. 5.

50,000원의 차비를 들여 놀러온 리조트의 카지노에서
50,000원을 땄다.

호스텔 식당에서 점심까지 팔았더라면
문밖으로 한 발짝도 안 나갈 뻔했다.

프리토리아에서 동북쪽을 향해 달려가는 길.

사파리 일행 일곱 중에 네 명이 싱글이라는 사실은
세 커플들 속에 혼자 끼어있는 것보다
적어도 오만억 배는 다행스러운 일이다.

코끼리도 잠들어 있을 듯한 야생동물 보호구역에서의 나른한 정오에…
2004. 2. 10. OOO.

태양과 새들이 잠들어버린 아프리카의 저녁

2004. 2. 12. 00<sup></sup>

서쪽 하늘 멀리에서
최대 1분 간격으로
번개가 번쩍인다.

100을 세도록 소리는 들려오지 않으니
30킬로미터 밖의 동물들은
무척이나 무서워하고 있을 게다.

사파리라고 하면 에버랜드와 청량리 이상 떠오르는 것이 없었지만
'기왕 이곳에 왔으니' 하고 나선 닷새간의 사파리 투어는 즐거운 시간이었다.

아마존 지대만큼이나 무딘 경관을 갖고 있는 아프리카의 잡목 숲에서
나흘 밤을 지내며 발바닥과 바퀴에 땀나도록 돌아다닌 끝에
코끼리와 기린, 코뿔소, 하마, 멧돼지, 얼룩말 및
사슴 비슷한 여러 종류의 영양들을 볼 수 있었다.
그에 비하면, 영화 속 쥐라기 공원의 공룡들은 두 시간 동안 너무 자주 등장한다.

모기들이 나를 분노하게 하고 동물원의 식민적 관람 코스가 그립기도 했지만
끝없이 펼쳐진 아프리카의 평원지대는 모든 것을
보상하고도 남는다.

코끼리들이 어슬렁거리는 남아프리카의 초원에서
지금까지 나도 모르던 지난 여행들의 이유를 찾아냈다.
여태껏 살아왔던, 그리고 앞으로 살아갈
나의 '현재'들 자체가
어찌 보면 하나의 긴 여행길이었던 것이다.

모든 이들이 각기 다른 자신들의 여행에 나선 가운데
지금 내가 있는 곳은 먼 길을 돌아가는
작은 중간역.

프리토리아 바,패거스 남아공

이탈리아 남부 Sud Italia

내가 이곳에 온 적이 있었나 싶을 정도로 많이 새로우면서도
일부 기억의 조각들은 털끝 하나 바뀌지 않은 채
8년이라는 시간을 견뎌냈다.
건포도를 안주로 즐겁게 취한 적포도주의 감촉이
늦은 밤 내리기 시작한 비와 제법 어울린다.

8년전 약속을 기억하며.
다시 오다.
FONTANA DI TREVI. ROMA
2004. 3. 22. ooo.

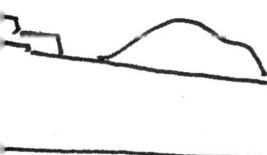

콜로세오 앞은 역시나 시끄럽다.

성난 군중의 함성보다도 큰
자동차 엔진 소리.
Colosseo . Roma
2004. 3. 23. ㅇㅇㅇ

성지 관광객들 - Piazza San Pretro. Vatican.
2004. 3. 24. ㅇㅇㅇ

비 오는 밤 속,
흐릿하게 불 밝힌 나보나 광장의 분수를
음악 삼아 로마의 봄을 맞이한다.
예스런 서까래 아래 위치한 브라질 카페에
잠시 정을 붙이기로 했다.

오랜 시간 겹겹이 쌓여온 시간의 흔적은
가장 현대적 자취인 관광객들과 어우러져 그 존재를 과시한다.
시끌벅적한 수학여행객 부랑자들만 제외한다면
그리 나쁘지 않은 모든 것들이다.
무엇보다도
고장나 있거나, 무척 느리거나, 돈을 잘 인식하지 못하는
지하철역 티켓 자판기는
무척이나 로마스럽다.

대중교통 총파업이 실시된 로마의 오전은
단지 차분했다.
영문을 모르는 관광객 몇몇만
영원히 오지 않을 버스를 기다리며
어리둥절해 할 뿐이다.

언덕을 넘고 바티칸을 가로질러 강을 건너며
걸어서 한 시간여 만에 도달한 나보나 광장은
여느 때처럼 분주하다.
어설픈 한자로 이탈리아 이름을 써주겠다고
어린 아이들을 꼬시는 중국 아줌마의 수고에
세 시간 동안 세 명이 넘어갔다.

로마에서 젤로 맛있는 카푸치노.
2004.3.25. OOO.

창문을 열면 나보나광장이 내려다보이는
낡은 한 칸짜리 방에서 살고 싶은
소박하지만 무척 비싼 꿈.

ROMA. 2004. 3. 27. OOO.

샤워하다가
임신 3개월이 된 듯
불러버린
내 배를
문득 봐버렸다.
이역만리 타향에서
느끼는 절망.

가로등과 쓰레기통,
포플로광장. 로마
2004. ☒3.28. ○○○

전철 타고 시외버스 타고 찾아간 띠볼리는 몽땅 월요일 휴관이다.
차가운 야채피자와 생애 최고로 진한 에스프레소에 허전함을 달랜다.

다섯 겹의 옷을 껴입고 맞이하는 완연한 로마의 봄.

제목 : 불쌍한 스핑크스
ROMA. 2004. 3. 29.
아람

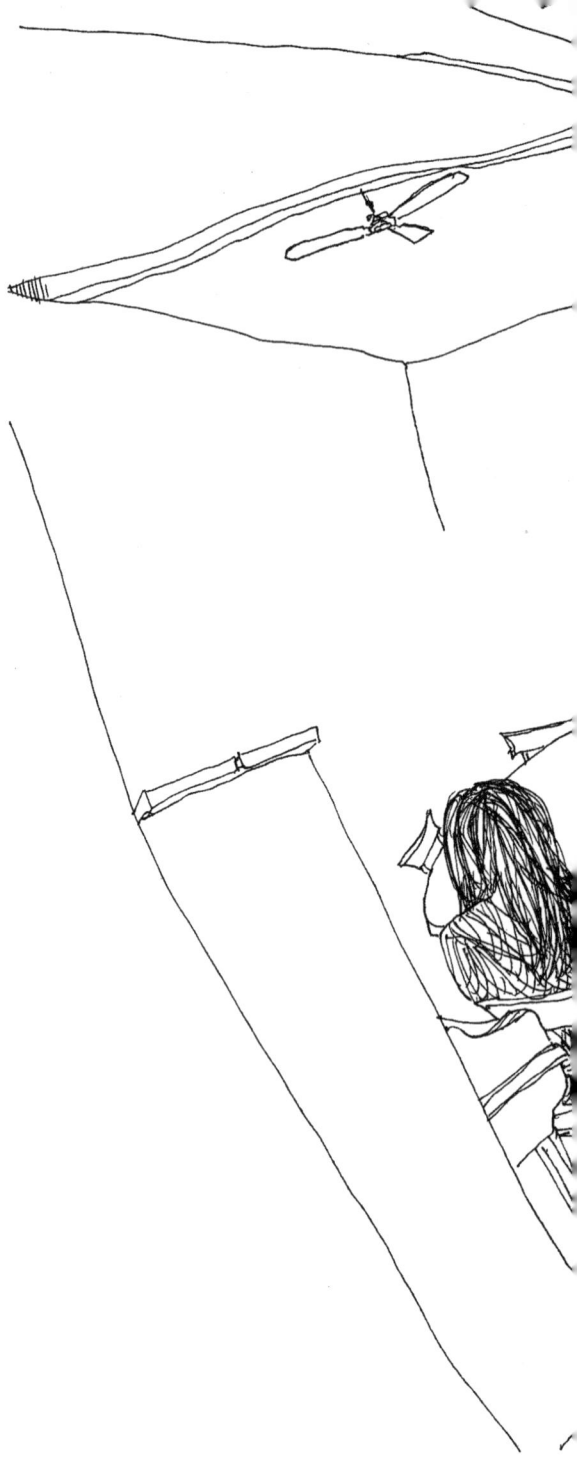

매일 타는 버스를 타고
매일 걷는 거리를 걷고
매일 먹는 피자를 먹었다.

대신
밤에는 브라질 카페에 가서 취했다.

비가 온다.
비가온다.
비가 온다.
비가 온다
비가 온다.
비가 온다.
오후 다섯시 로마에는
비가 온다.

미완성 카페, 로마 나보나광장 인근.
2004. 3. 31. 000

105

아트리노트
Tinia&Cocò, Roma
2004. 3. 21. 000.

하루 종일 비가 왔다.
오래된 카페의 오래된 창문으로
새어 들어오는 차가운 봄바람에
따뜻했던 카페는 금방 식어버렸다.
비에 젖은 밤의 뒷골목은 사실 좀 더 멋진 편이다.

지난밤 꿈속에서는 그녀를 만났다.
누군진 모르지만 언젠가 꿈속에서
한 번 만난 적 있는
예쁜 이미지만 갖고 있는 얼굴.
꿈속 공간의 그녀와 난
전쟁터에서 사랑을, 혹은 전쟁 같은 사랑을,
어쩌면 전쟁터에서 전쟁 같은 사랑을 나눴다.
마지막이 기억나지 않는 이야기.

다시 밤은 돌아왔고
이탈리아산 맥주에 충분히 취해버렸다.

다소 시끄럽지만 엉망은 아닌 미국아이들 세 명과
같은 침대칸을 쓰며 시칠리아 섬으로 향한다.

8년 전,
그보다 더할 수 없을 것 같은 더위에 남하를 포기하고
위로 올라가버렸던
나폴리에서의 기억을 간직한 채.

시칠리아의 이 거대한 도시는 문득 깨어나
이글거리는 태양을 삼켜버리고는 태연하게 어둠을 동반한 빗소리를 내려준다.

망각하되 잠시 잊어버리지는 말자.
너의 일, 그리고 그것과 관련된 나의 일, 알고 보면 조금은 중요했던 일들을.

개구쟁이 꼬마 녀석들이 모여 서로 질세라 목청껏
'사요나라'를 외쳐대는 옛 성의 유적에 '아리가또' 한 마디를 남겨두고 떠나왔다.

한국에서 '헬로'를 외쳐대는 꼬마 애들에게 미소를 지으며 '하이' 하고 응수했을
이탈리아인이 있었을 거라고 생각하며.

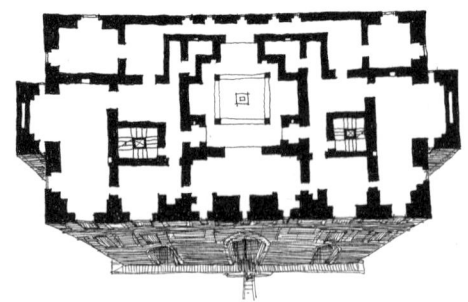

建築的 감동..
Castello della Zisa, Palermo
Sicilia, Italia. 2004. 4. 3. 000

거세된 고양이는 슬퍼할줄 모른다.
Palermo, Sicilia, Halia
2004. 4. 2  ooo.

호랑이 수천 마리는 장가를 보냈을 법한
오락가락한 이탈리아의 봄날씨에 이미 익숙해졌는지
찬란한 아침 햇살의 눈부심 속에 맞는 부슬비가 꽤 친근하다.

수학여행 시즌인지 각국의 아이들이 떼로 몰려다니는데
하고 다니는 패션감각에서
이탈리아 아이들인지 프랑스 아이들인지 스페인 아이들인지
브라질 아이들인지 구별이 된다.
브라질은 확실히 독특한 멋을 가지고 있다.

다만 이 각국의 아이들에게는 공통점이 하나 있는데,
그것은 국적을 불문하고 무척이나 시끄럽다는 것이다.

정열적으로 설명하고 있는 선생님의 눈을 피해
고대 그리스의 돌무더기 뒤에서 담배를 피워대는
스페인 중학생 커플을 보며 씽긋 웃어줬더니,
별꼴이라는 듯 째려본다.

이탈리아 포도주에 취한 밤.

불국사 삼층석탑같은
파르테논의 오더보다는
감은사지 삼층석탑같은
이곳의 투박한 오더가
어쩌면 더 감동적일 것 같다..
Tempio della Concordia
Agrigento, Sicilia, Italia
2004. 4. 4. ○○○.

사랑해요.
사랑해요.
세상의 말 다 지우니
이 말 하나 남네요.
늦었지만...

미안해요.
미안해요.
더 아껴주지 못해서.
가난한 내 행복 안에
살게 해서...

- 해바라기.


오후 두시.
지중해가 내려다보이는
작은 방에서..
B&B Atenea191
Agrigento. Sicilia
2004. 4. 5 . ㅇㅇㅇ

환상적인 버스운전기사님 덕택에 쉽지 않게 도착한 까따냐가
어째 첫인상부터 나오는 궁합이 맞지 않는 것 같다.
동네 어르신처럼 카페에 앉아 한참을 고민하다가
기차역으로 가서 예정 시각보다 30분 늦게 도착한 기차에 몸을 실었다.

된통 꼬인 듯한 하루를 풀어준 것은
싼 숙소가 없을 것이라 각오하고 있었던 시라쿠자에서
30,000원짜리 허름한 방을 발견했을 때의 기쁨이었다.
공동으로 쓰게 되어있는 샤워기가 잔뜩 녹슬어 있고
물이라고 나오는 게 약간 누런 것이 고양이 세수하기 딱 좋은 양인 것은
문제도 아니다.
꼬인 하루의 스트레스를 2,000원짜리 적포도주 한 병으로 풀어버린다.

각설하고
나는 아직 멀었다.

나는 아직 멀었다.
SIRACUSA, SICILIA. 2004.4.7

또 하루가 툭- 하고 가버렸다.

유럽에서
남미를 느끼는 건지,
남미에서
시칠리아를 느꼈던 것인지 …

낯이 익은 새로움.
Noto, Sicilia
2004. 4. 9.
ooo.

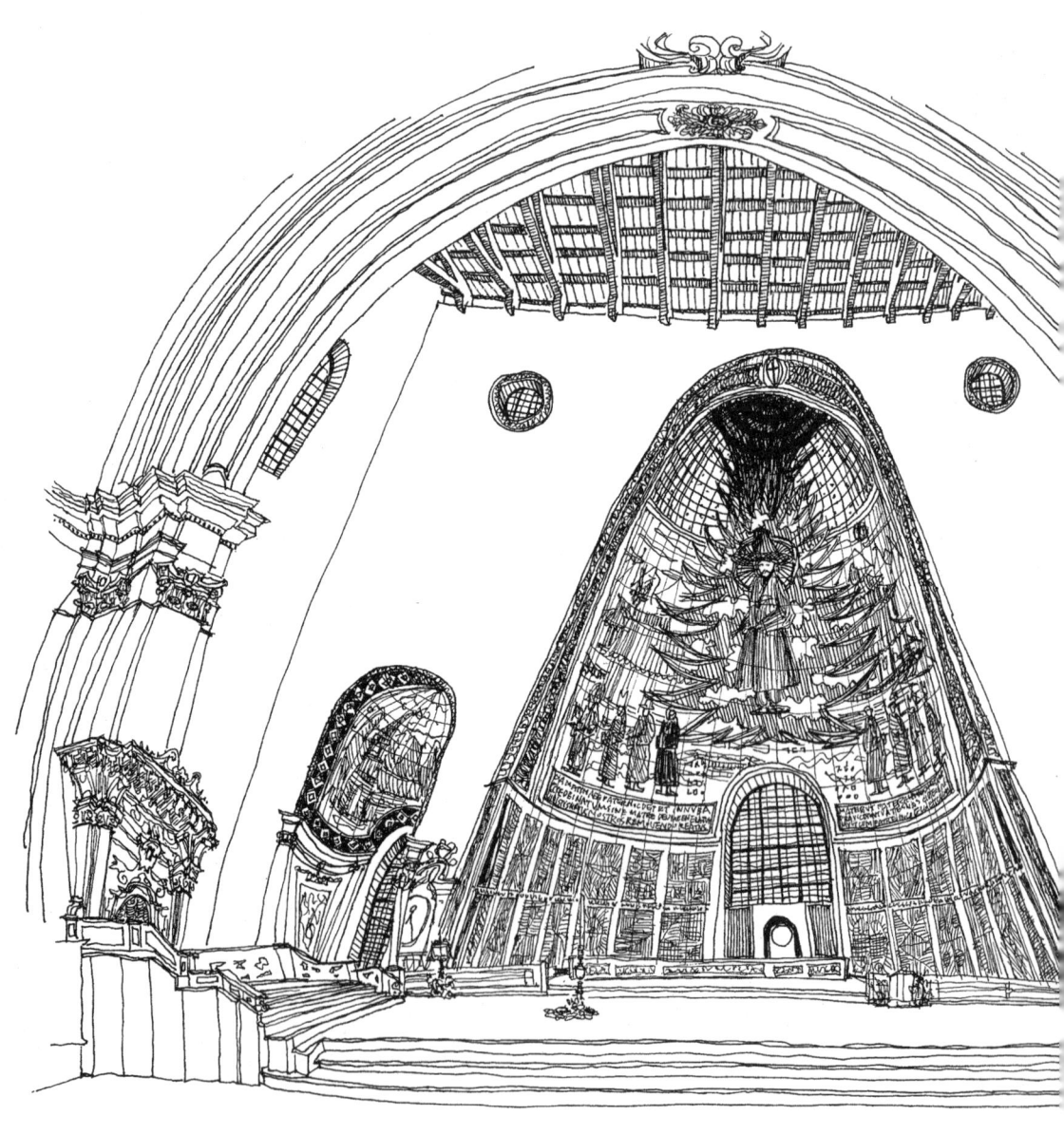

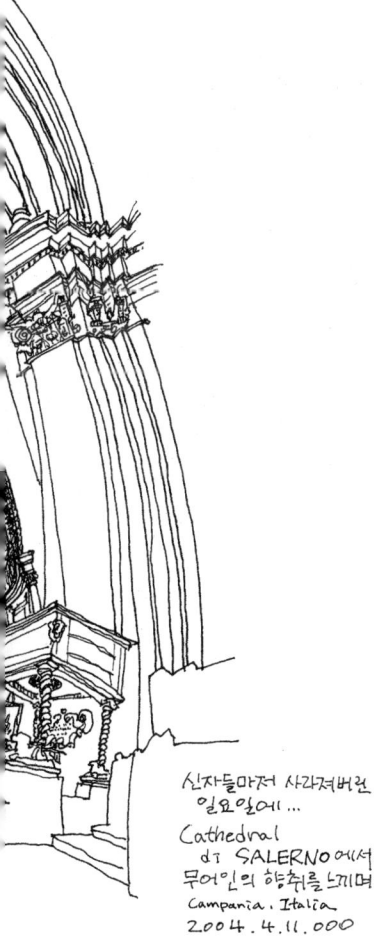

신자들마저 사라져버린
일요일에 …
Cathedral
di SALERNO 에서
무어인의 향취를 느끼며
Campania. Italia
2004. 4. 11. ㅇㅇㅇ

부활절 시즌을 맞아서인지 나폴리 인근의 살레르노라는 작은 도시에는 빈방이 없다. 화장실 딸린 더블룸을 80,000원에 쓰라는 호텔 주인의 말을 뒤로 하고 찾아간 곳은 인근의 카바 데 티레니라는 작은 마을. 나이도 찼고, 시끄러운 분위기도 싫어 도미토리에서는 가급적 안 자려고 했지만 어쩔 수가 없었다.

버스에 올라 경치 좋은 해안 절벽길을 십여 분 달려 작은 마을의 광장에 도착했다. 망가지기 일보 직전의 성당 바로 옆에 위치한 16세기의 수녀원을 호스텔로 개조시켜놓은 이곳은 가공할 만한 규모를 자랑한다.

수요 · 공급의 법칙에 따라 호스텔로 사용하는 곳은 1층의 로비와 2, 3층의 일부 방들뿐, 거대한 중앙정원을 비롯한 나머지 공간들은 있는 그대로 비워 놨다. 창문 틈 사이로 엿본 빈방들 중 하나는 밤새 내린 새벽의 눈처럼 먼지만 소복이 쌓여있다. 3층 높이의 2층을 헉헉대며 걸어 올라가 중문을 열자 오래된 수도원의 천장에 메아리치는 끼이익~ 소리가 섬뜩하다.

통통한 금발머리 여자 애가 정해준 4호실(하필이면) 문을 조심스레 여는 소리도 만만치 않다. 아직 해가 완전히 넘어가지 않은 오후 여섯 시 십 분 전, 어두컴컴한 방의 창문을 슬며시 열었더니 쓰고 있는 사람이 아무도 없던 4호실의 모습이 늦은 햇살 아래 드러난다. 가로 세로 9미터에 높이 3.5미터의 25평 방. 천장도, 벽도, 바닥도, 문도, 창문도 하얗다. 새로 칠한 육군병원 외벽만큼 하얗다.

그 하얀 방에는 하얀 매트리스가 두 개씩 얹혀진 이층침대가 아홉 개 있다. 매트리스 위에는 도톰한 하얀 베개가 놓여 있다. 다만 침대 사이로 의자와 수납장이 하나씩 있는데 정말이지 다행스럽게도 나무색깔이다. 욕심을 부려 전등이라도 백열등이면 좋으련만 어둠이 내린 후 스위치를 올리니 비너스 여신의 속살만큼이나 새하얀 긴 형광등 네 개가 찬란하게 빛을 내뿜는다.

오늘밤은 수녀님들의 영혼이 떠도는 18인실에서 혼자 자야 한다. 이건 여자 아홉 명에게 둘러싸여 혼자 잤던 10인실보다 더 무섭다.

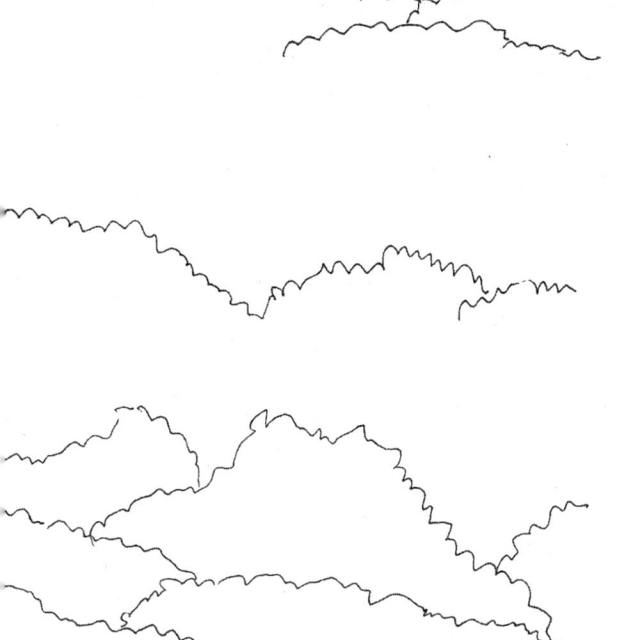

Tempio di Hera
PÆSTVM, Italia
2004. 4. 12. 000

내가 여기서 입으로 아무리 악담한들 그게 무슨 소용이야? 이번에는 내 손으로 그 계집을 결단내야겠다.
"거가 누구더냐? 전능한 헤라여신이라고 불릴 권리가 있는 여신, 보석 박힌 왕관을 쓴 자격이 있는 여신이 아니더냐?
내 손으로 그년을 결단내야겠다. 그 계집이 은밀하게 제우스와 사랑을 나누는데 만족하고 있고, 우리 부부를 잠깐 갈라놓은데
지나지 않았다라는 이유를 앞세워 계집을 용서하자고, 주장할 자가 있을지도 모르겠구나. 하지만 안 된다.
그 계집은 제우스의 자식을 배고 있다. 내가 칠 명분은 이로서 충분하다. 그계집의 뱃속에 있는 자식이
계집의 유죄를 증명하고 있지 않느냐? 더구나 그 계집은 제 미모를 대단한 것으로 여긴다.
그러나 계집의 생각이 얼마나 잘못되어 있는지 보여줄 수밖에...... 내가 그년이 좋아하는 제우스의 손을. 빌려
스틱스 강물에다 처박지 못하면, 크로노스의 따님이 아니다."

독화에서 일어난 헤라는 황금빛 구름으로 몸을 가리고는 인간세상으로 내려가 세멜레의 집을 찾아갔다.

버스가 오지 않는 것을 느긋하게 기다릴 수 있는
이탈리아식 마음의 여유는 이미 오래 전부터 갖추고 있었지만,
다리가 아파야 한다는 것 때문에
화가 났다.

감동적인 관광지.
Positano/Amalfi, Italia
2004. 4. 13. 000

옛 신전 같은 걸 극장으로 개조시켜놓은
영화관에 가서 '그리스도 수난기'를 봤다.

마테라에서 일부 장면들을 찍었다는데
아는 장소가 나오자 사람들이 웅성거리며 반가운 체한다.
하지만 정서적으로는 가톨릭 신자인 이탈리아 사람들에게
자신의 조상이 가해자로 나오는 영화를 보는 것은 편안한 일은 아닐 터,
상영시간 내내 한숨이 새어나온다.

영화를 보고 나오니 깜깜해진 밤에 비가 온다.
빗소리와 경사진 길들로 빗물이 흐르는 소리,
그리고 그 물을 사뿐히 즈려 밟는 발자국 소리만 들리는
인적이 끊겨버린 이 유령마을의 호텔로 돌아오는 길은
영화의 잔영과 어우러져 운치 있게 공포스럽다.

그리고 예전에 돼지우리였을 것이 분명한 유네스코 지정 세계문화유산인
내 호텔방에선
공포를 잠재우듯 돼지 냄새가 난다.

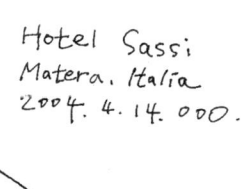

Hotel Sassi
Matera. Italia
2004. 4. 14. 000.

20세기 중반까지도 가난과 기아에 허덕이던 이 마을의 옛 집에서
다소 배고픈 상태로 잠들었던 지난밤에는
굶어 죽는 꿈을 꿨다.

Matera.
Basilicata. Italia
2004. 4. 15
OPα.

오랜 기간 머물지 않은 곳에 대한 기억은 당시의 날씨 상태가 좋고 나쁨이 큰 변수가 된다.
그래서 웬만하면 그 날씨 자체를 즐기려 노력하는 편이다.

마테라를 떠나는 완행버스를 기다릴 때부터 낮게 깔린 구름이 비를 뿌려대더니 공업항만도시
타란토에 도착하자 빗발이 제법 굵어진다. 타란토의 구시가지를 이루는 길이 800미터 정도의 섬을
가로질러 기차역을 향해 걸어가는 길은 이보다 더 음산할 수 없다고 할 수 있다.
바다 내음이라기보다는 생선 비린내에 더 가까운 향을 지닌 대기 속에 거센 바람에 정박된
고깃배들은 삐걱대는 소리를 3-D 서라운드로 깔아주고, 죄다 문을 닫은 구시가의
상가 중간에 위치한 생선가게에서 주인아저씨가 식칼을 들고 텅 빈 거리를 혼자 걷고 있는 나를
줄곧 응시하는 가운데 우산이 민망하게, 얼굴을 제외한 몸 전체로 비를 맞았다.
역시 음울한 낙서들로 가득 찬 한 량짜리 디젤 기차를 타고 중간쯤 내려 다른 열차로 옮겨
은하철도 999의 메텔처럼 표정을 알 수 없는 한 여자와 단 둘이서 마지막 목적지를 향하는

비오는 스머프 마을 Alberobello.
2004. 4. 17. ooo.

그 시간 내내 하늘은 점점 시커메진다.
어렵사리 도착한 알베로벨로는 환상적인 절정을 연출했다.

어떻게 했냐면, 기차역에 내려 작은 광장으로 나오자 차 한 대가 쌩~ 지나가며 온몸에 물을 퍼부었다.
다만 다행히도 더욱 거세진 바람 덕분에 옆으로 내리는 비에 의해 옷 전체가 젖어버려 물에 튀긴
자국이 없어졌다. 바람은 더할 나위 없이 강해져 회오리바람 소리를 내며 내 우산을 다섯 번쯤
뒤집어지게 했고 우산대가 내 얼굴을 열 번 정도 가격하게 했으며, 결국 우산살 하나를 부러뜨렸다.

이탈리아 남부에서 가장 비싼 돈을 지불하고 들어온 호텔방의 습도는 바깥보다도 높아,
몽땅 젖어버린 하나뿐인 바지와 하나뿐인 신발이 마르길 기대하느니
예쁜 이탈리아 여자 애가 날 꼬셔오기를 바라는 게 더 나을 듯싶다.

게다가 여기의 오늘은 너무 추웠다.

감기에 걸렸다.
2주일째 매일 입고 있는 쉰내 나는 바지와 2주일 동안
거의 빼놓지 않고 입고 있었던 역시 쉰내가 나는 니트와 점퍼로
온몸을 둘러싼 채 발발 떨었다.

늦은 밤 로마 테르미니 역에서 내리니
정체모를 나긋한 공기 내음이 온몸을 감싼다.
낯선 듯 무척이나 정겹다.

오랜만에
하늘에 유채색이 무채색보다 많이 채워져 있다.
공허한 생각들.
그런 것들로 지워간 하루.

이곳은 낯선 느낌이 없다.
오래 알고 지내던 그에게서 낯선 이의 기척을 보았다.

두 여자가 토론중이다.
아니 싸움에 가깝다.
이라크 문제에 대해
미국을 옹호하는 젊은 여자와
이라크를 옹호하는 젊지않은 여자가
한 치의 양보 없이
상대방을 망가뜨릴
세상의 모든 논리를 펼친다.
이 두 미국인의
반복되는 독설과 사과는
까페 안을 가득 채운다.
그 누구도 생각을 바꿀리 없는
소모적인 전쟁.
그녀들은
서로의 가슴 속 깊은 곳에
상대방에 대한 불신을
한 겹 덧붙인 채
서로 웃으며
자리를 뜬다.

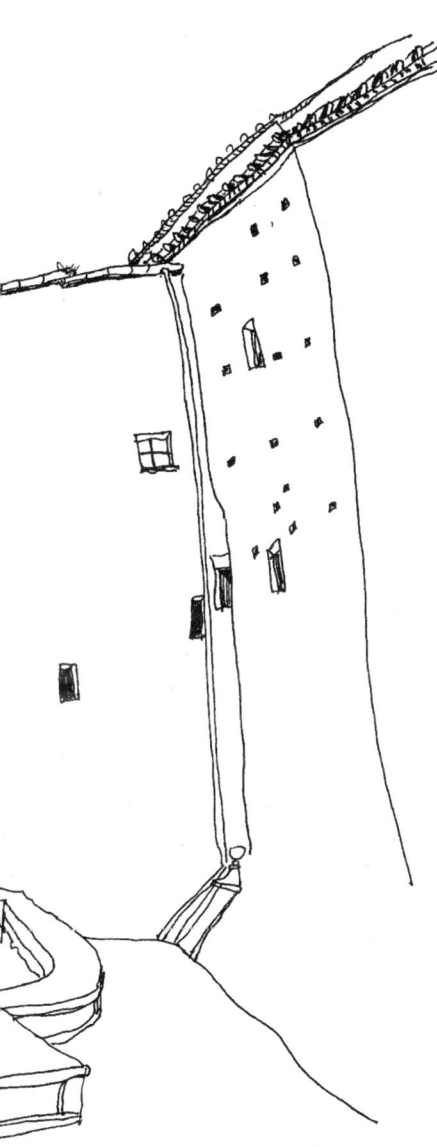

시외버스 정류장으로 향하는 지하철 안.

아주 세련되게 옷을 입고, 인형 같은
아기를 안고, 작고, 마르고, 가슴이 큰
슬로베니아인 여자 거지가
책을 읽는 듯한 이탈리아어로 늘상하듯
"갈 데 없는 저희 가족을 도와주세요."
라고 선언한다.

    대략 쉰여덟 명쯤 타고 있는 전철 한 칸에서
        세 명의 구원자가 작은 동전을
            그녀의 종이컵에 떨어뜨렸다.

미완의 오르간 분수
에스떼 빌라. Tivoli, Italia
            2004. 4. 20

무엇에 홀린 듯 교외선 기차를 엉뚱한 것으로 타버렸다.
그리고는 30분 동안이나 모르다가 문득 기차가 북쪽이 아닌
남동쪽으로 향하고 있다는 것을 깨달았다.
잠시 멍하게 창밖을 봤다.

엉뚱한 곳으로 향해 가는 열차에서 내린 것은 한 시간이 더 지난 뒤였다.
카스트로-포피-발데코르사라는 긴 이름의 역무원도 없는 역.
바깥의 한적한 전원풍경과는 달리 어느 정도 사람들이 내린다.

시골 구경이나 하다 가자.

역 앞 몇 가구가 모여 있는 작은 마을에 하나 있는 카페에서
양송이버섯 샌드위치와 따뜻한 커피우유로 시장기를 달랬다.

느긋하게 마을길을 걷기 시작하니
집 지키는 개들은 나를 향해 짖어대고,
풀을 뜯던 양들은 나를 흘끔 쳐다보고,
개념 없는 닭들은 소리 높여 울부짖고,
몰려 있던 양들은 메에에에 합창을 한다.
형체를 숨긴 돼지 가족들은 어린 시절 시골의 추억담을 이야기하듯 특유의 냄새만 풍겨준다.
어느 집 대문 지나 담 너머에 곡주를 담그는 양조장이 있을 것만 같은 정경이다.

마을에서 조금 벗어나니 눈 덮인 높은 산들을 배경으로
언덕 꼭대기에 위치한 마을이 보인다.
가사도 멜로디도 존재하지 않는 노래를 흥얼거리며
무언가에 이끌리듯 그 마을을 향해 걷기 시작했다.

잡풀과 들꽃들 사이로 드문드문 농가들이 위치한 이탈리아의
전원 풍경이 몇 개의 언덕을 거치며 아름답게 펼쳐진다.

시계를 놓고 나와 얼마나 걸었는지는 모른다.
어림잡아 1킬로미터 정도 앞으로 마을이 보인다.

그러나 나를 가로막는, 저승의 강물보다 더 깊은 장애물이 있었다.
좋이 10미터는 되어 보이는 절벽, 그리고 그 아래로 빠르게 질주하는
자동차들이 가득 찬 4차선 고속도로가 내 눈 아래 펼쳐진다.

건널 다리도, 뱃사공도 없는 환영의 강.

강가에서 멍하니 건너편의 젖과 꿀이 흐르는 땅을, 영원히 잃어버린 낙원을,
전설로 내려오는 무릉도원을, 황금의 대륙 엘도라도를, 서방정토영생극락세계를 바라본다.

차들은 더욱 강하게 흐른다.

그림자 길이가 내 키의 두 배 정도 되었을 시간,
지금까지 걸어왔던 길을 되돌아가기 위해 발길을 돌린다.

신기루를 본 듯했다.

2004 . 4 . 21 . 000

더 이상 최고일 수 없을 듯한 에트루리아인의 언덕 도시에서
나의 모든 감성과 숨겨져 있던 감성과
또 다른 나의 모든 감성을 모조리 빼앗기고 말았다.

인적이 떨어진 대성당 앞의 노상 바에서
지역 특산품인 백포도주를 마시며
감당 못할 아쉬움을 달랜다.

레아 아줌마.
브라질까페, 로마
2004. 4. 22. OOO

안녕, 로마.
또 오고 말리라.

프랑스 France

멀지 않은 거리임에도 불구하고 이곳에 오기 위해서는
독일에서 스위스를 거쳐 다시 프랑스 국경을 넘어야 했다.
독일의 결벽증적인 거리에서 스위스의 기계 속 같은 기차역을 지나
프랑스의 수더분한 농촌 마을로 이어지는 풍경의 변화는
유럽 세계의 힘을 느끼게 해준다.

8년 만에 찾은 이 작은 마을은
도합 여섯 정거장을 운행하는 완행열차가 최신형 전동차로 바뀐 것을 제외하면
시간을 돌려 예전의 그곳으로 돌아온 느낌이다.
그 시절, 히치하이킹을 하기 위해 주저앉아 있었던 길가의 그 바닥마저도
여태껏 내 엉덩이 자국이 남아있을 것처럼
그대로일 뿐이다.

Ronchamp, France
2004. 4. 26. OOO

" 8년만에 찾아 뵙는군요. 선생님. "

"어서 오게나."

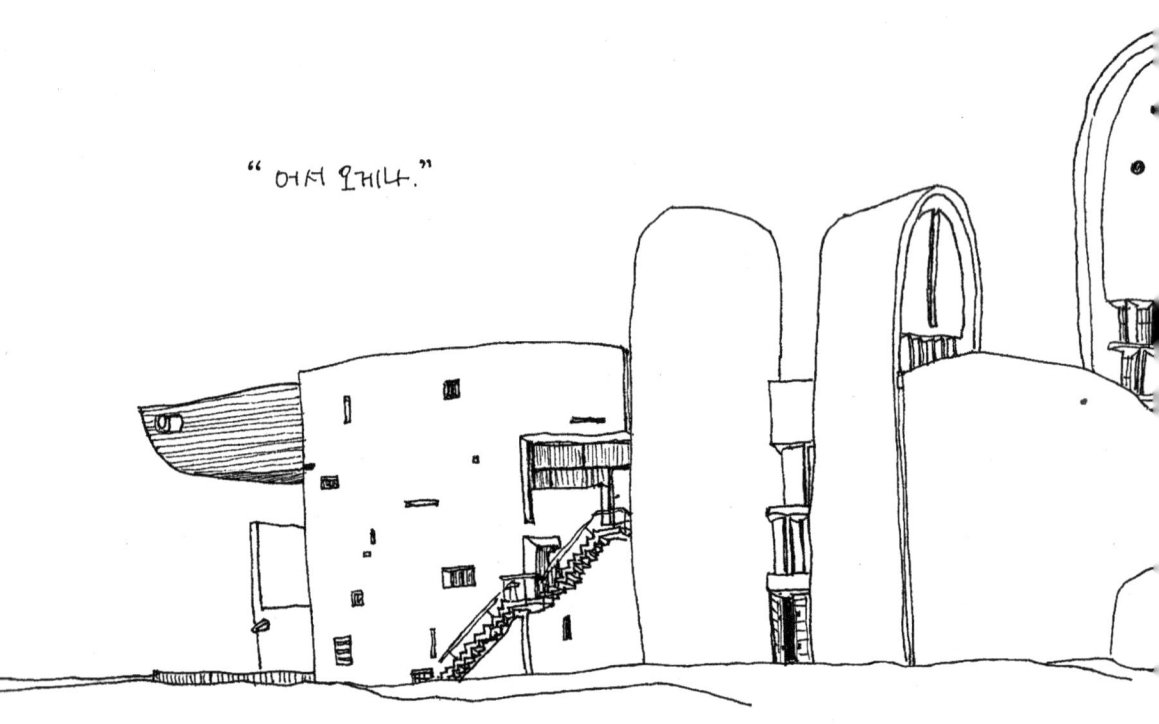

불친절한 프랑스인 할머니한테
환한 웃음을 지으며
메르씨 보꾸라고
말해줬다.

Ronchamp, France
2004. 4. 26 . ood

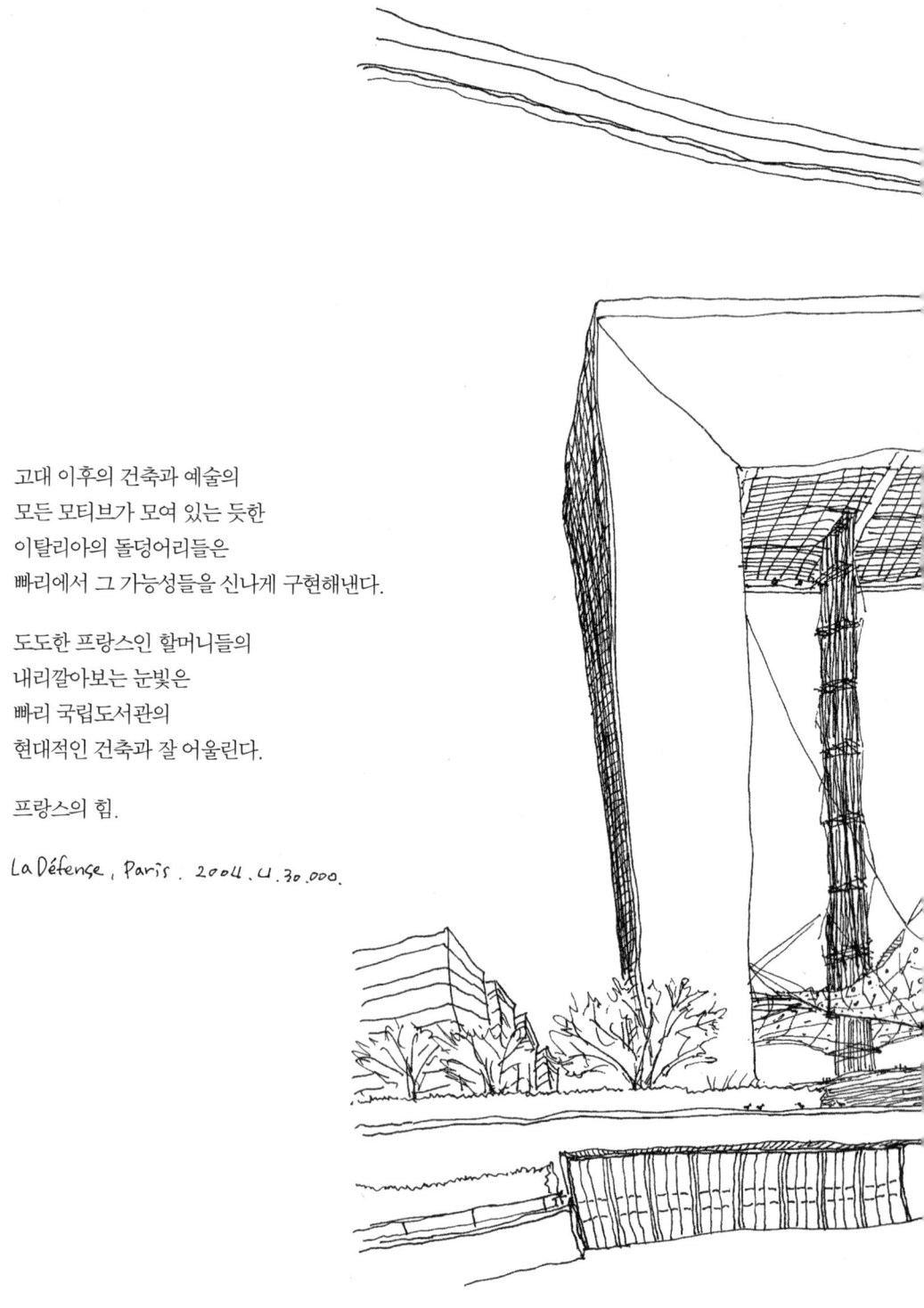

고대 이후의 건축과 예술의
모든 모티브가 모여 있는 듯한
이탈리아의 돌덩어리들은
빠리에서 그 가능성들을 신나게 구현해낸다.

도도한 프랑스인 할머니들의
내리깔아보는 눈빛은
빠리 국립도서관의
현대적인 건축과 잘 어울린다.

프랑스의 힘.

La Défense, Paris. 2004.4.30.000.

생말로 이비스호텔 215호실

프랑스의 주말 여행객들 사이에 끼어 도착한 조수간만의 차가 큰 이곳의 바다는
멍게에 소주 한 잔 생각이 간절하도록 정겨운 짠내가 난다.

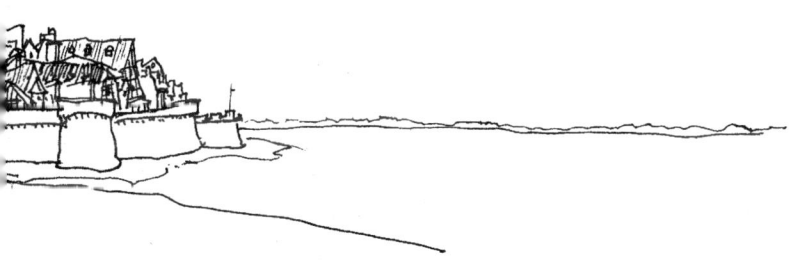

노르망디 해변의 일요일은 강화도 같다.
관광객들은 적당히 많고
바닷물은 적당히 빠져나가며
횟집은 적당히 붐빈다.
게다가 큰 도시로 빠져나가는 도로는 으레 그렇듯 막혀있다.

이곳에서 꿈에 그리던 그 장소에 다시 서다.

환상 대면
le Mont Saint Michael
2004. 5. 2. ㅇㅇㅇ

수도원 어트랙션
le Mont St. Michel
2004. 5. 2. ○○○

153

썰물처럼 빠져나간 주말여행객들이 사라지자
브르타뉴 지방의 강한 밀물이 텁텁한 구름과
차가운 바람을 한꺼번에 몰고 왔다.
그런 것쯤에는 마디가 굵은 이 중세 도시는
온갖 변화에도 꿈쩍하지 않은 채
아주 서서히 스러져간다.

스러져가는 것들의 아름다움.
Dinan, France
2004. 5. 3. 000.

양호하게도 하루에 다섯 편이나 있는
시외버스를 타고 잠시 중세를 여행했다.

내가 앉은 오른편 세 번째 줄 통로 쪽 좌석의
앞 두 번째 줄에는 왼쪽부터 차례로
늘씬하고 말쑥한 청년,
대낮부터 취해버린 멋쟁이 아저씨,
뭐가 그리 즐거운지 유쾌한 표정 가득한 젊은 샐러리맨,
그리고 그와 동료인 듯한 검지를 입에 자주 가져대는 버릇이 있는
중년의 아저씨가 앉아있다.

멋쟁이 아저씨는 양쪽을 번갈아가며 주정을 부리고
말쑥한 청년은 시큰둥하게 창밖을 응시하고
젊은 샐러리맨은 멋쟁이 아저씨의 한 마디에 세 마디로 응수하고
중년의 아저씨는 연신 손가락을 입에 가져대며 쉬이- 한다.
변함없이 그대로인 건 백발이 무성한 운전기사 할아버지뿐인데
이탈리아의 아말피 절벽길을 운행하는 버스기사나 된 것처럼
클랙슨과 브레이크를 충분히 활용하며
평화로운 프랑스 시골길을 질주한다.

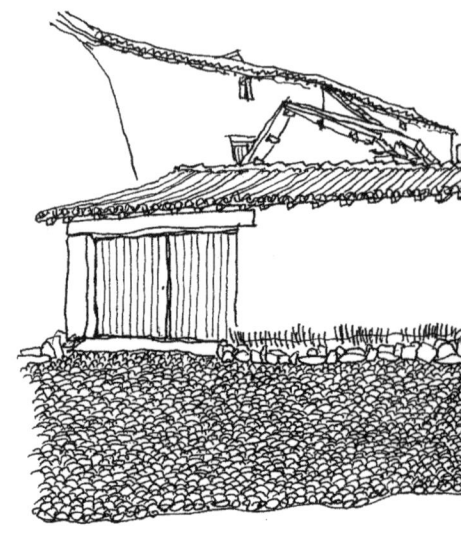

동제는
조용한, 작은, 시골의 관광지로
다시 태어난다.
Pérouges, France
2004. 5. 5. ㅇㅇㅇ.

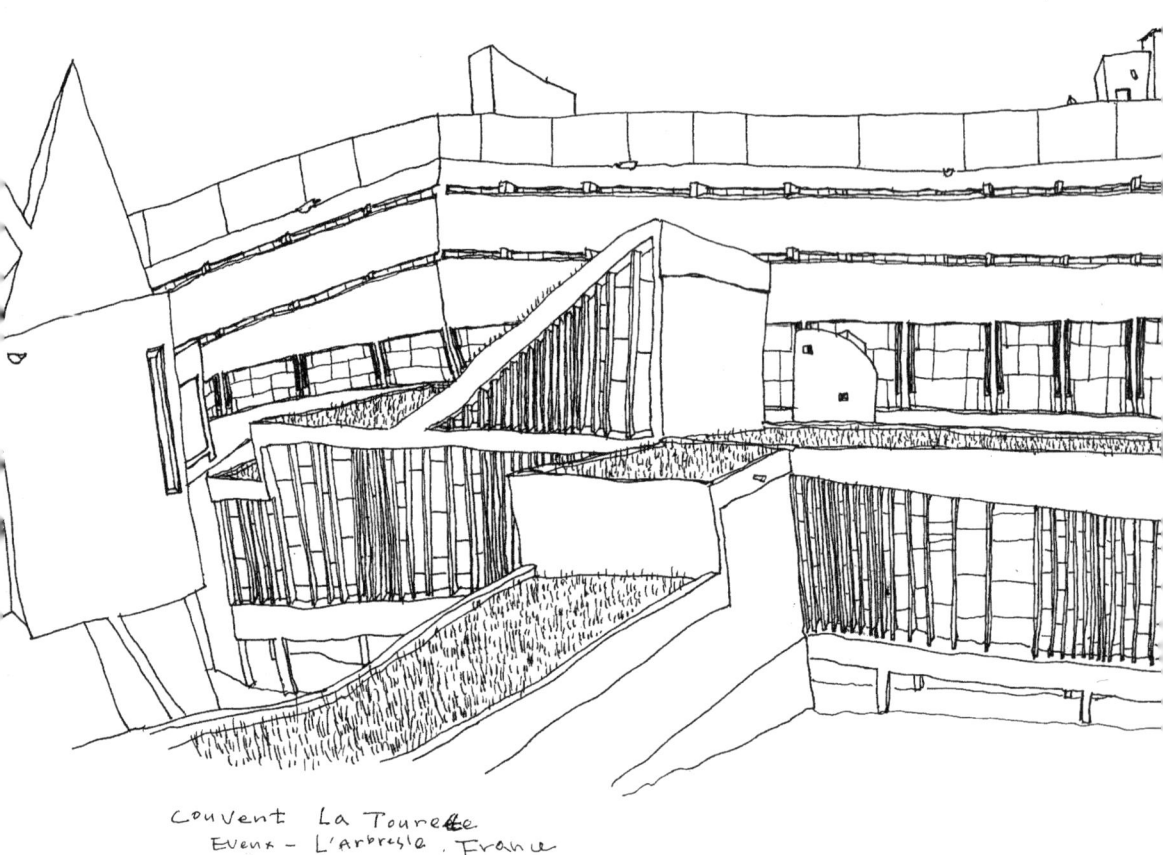

Couvent La Tourette
Evenx - L'Arbresle, France
2004. 5. 6. ODO

구름과 햇빛, 비와 우박이 23킬로미터 지점 선두 그룹 네 명의
마라톤 선수들처럼 엎치락뒤치락하며 하늘을 장식한 하루.

프랑스 동부의 전원마을은 여전히 평화롭고 근대건축의 거장이 설계한 콘크리트 수도원은
어깨에 힘이 조금 풀린다. 완행열차는 1등석 표시를 떼어낸 채 학생들과
어르신들을 실어 나르고 싸구려 터키식당들이 장악해버린 리옹시내 중심가에서는
다수의 비알코올중독자들과 소수의 알코올중독자들이 북쪽 혹은 남쪽을 향해 걷는다.

나는 서쪽을 향해 걸었다.

그동안 범했던 것이라곤 단지 나의 육체적 나이뿐.
couvent La Tourette. France
2004. 5-6. ···

기억은 실상과 허상으로 구성된다.
허상의 기억이 현실과 마주치며 그것이 허상이었음이 밝혀질 때,
누구나 당황하며
현실을 거부한다.
그래서
허상은 영원히 기억된다.

남부 프랑스의 넉넉함
Avignon, France
2004. 5. 7. ○○○

그림 위에 색을 덧입히며
반 고흐는 잠시 제 정신으로 돌아왔을 것이다.
낮에도 환한 21세기 밤의 카페는
정신을 그만 놓아버리고 말았다.

Café Le Jour
Arles, France
2004. 5. 8. coo.

*일요일.
아비뇽 성안.
텅 비어버린 교황청 앞 교황당.
아직 해는 지지 않는다,
묵묵히는 홍은데 노래를 잘 못하는
미국의 거리의 연주자라
참석한 사람객인 듯한,
객자를 앞두 없는
게우 한 음악가나
사람들이 위하한
노래를 부른다.
저녁에서 서늘한 바람은
정아들여길 기다리고,
10층로 날개 보이가
가득 메워버린
저녁 아홉시의
광장에.

Avignon. France
2004. 5. 9. 000

조교로 대강을 내부의 갈등도 끌까지까지 않는 우리는 끝기도, 실력이 채우를 결과로 내쪽과 마음으로 낯선 자리로 또 온다. 게임 및 쫓겨움 욕망의 일상처럼 피날래까지 비바람속이 아바트스에. 비논

우중충한 날씨에 어울리는 우중충한 옷을 입고
우중충한 동네의 극장에 가서
김기덕 감독의 '봄여름가을겨울.그리고 봄' 을 봤다.
프랑스어 자막이 흐르는 몽환적인 한국의 경치를
이방인이 된 채 홀로 언어를 이해하며 보고 있자니 느낌이 묘하다.

오줌냄새가 물씬 풍기는 출구 계단을 타고
바깥세상으로 돌아오니 여전히 우중충한 날씨다.

충분하다는 표현은 이럴 때 쓰라고 만들어진 듯한데
영화를 되새기며 우중충한 빠리의 지하철에 다시 오르니
충분히 우울하다.

강당의 3분의 1이 한국 유학생들로 채워진
빠리의 또 다른 이름 모르는 건축학교.
유창한 프랑스어들이 난무하는 가운데
그런대로 회상에 빠져든, 간만에 학생느낌.

독일 Deutschland

독일의 유명한 관광도시는 단체관광객들로 성황을 이룬다.
맑은 햇살이 눈부신 오후,
평화로운 분위기의 광장 노천 주점에 앉아
소시지 하나와 하이델베르크산 맥주 한 잔을 앞에 두고
두통을 겪었다.

지붕과 두통. Heidelberg
2004. 5. 17. ००६.

비트라 가구단지. Basel
비행(기+장) 전시회
☆ ×5.
2004. 6. 18 0°°.

세상을 살아가며 정말로 좋다고 느껴지는
수많은 것들 중 두 가지.

반팔 면 티셔츠 하나만 걸친 채
춥지도 덥지도 않은 선선한 봄밤에
꽃향이 섞인 나뭇잎 냄새를 맡는 것.

코를 푸는데
엄청난 양의 코, 혹은 엄청난 크기의 코딱지, 혹은 둘 모두가 나오며
콧구멍과 목젖을 연결하는 터널을 느끼는 것.

이 두 가지가 모두 충족된
독일의 봄날,
그리고 밤.

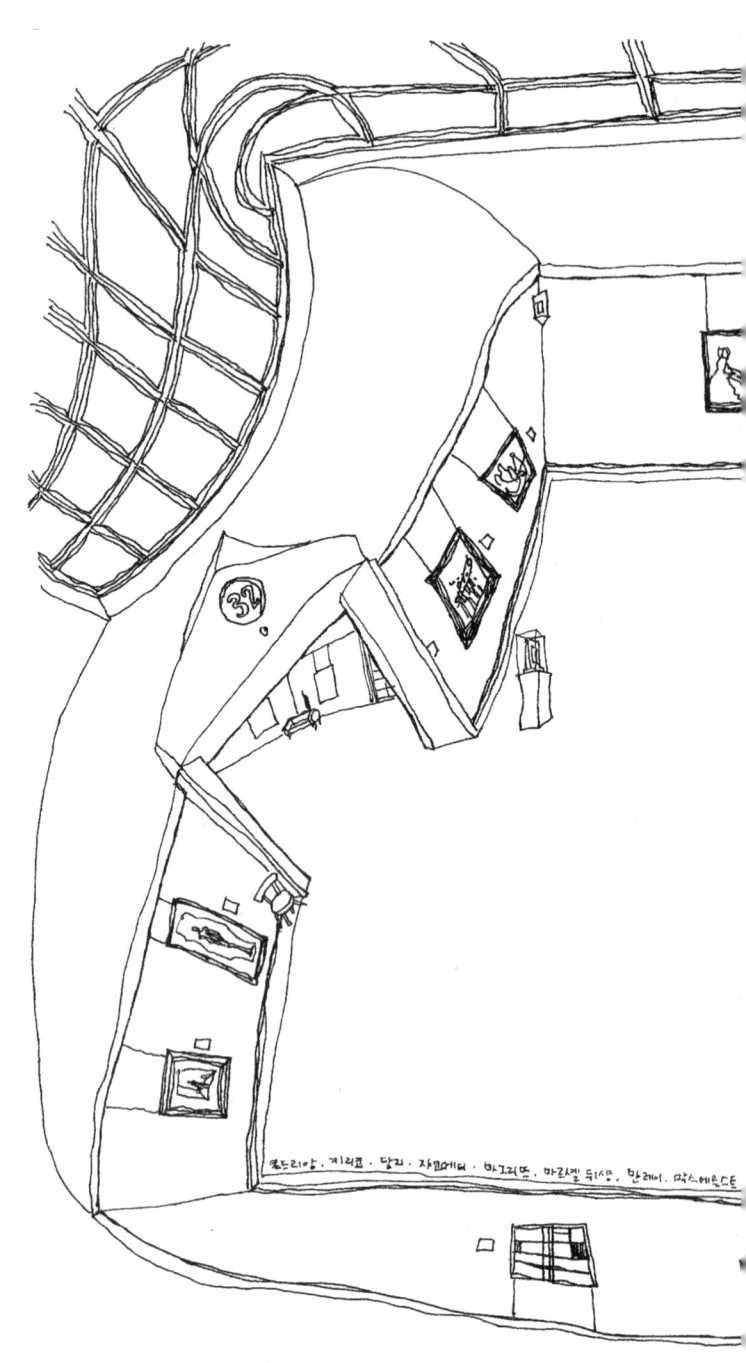

몬드리앙 · 제리코 · 달리 · 자코메티 · 마그리뜨 · 마르셀 뒤샹 · 칸레미 · 막스에른트

슈투트가르트 주립미술관 32호실 2004.5.19.○○○.

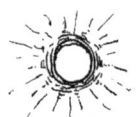

독일에서 시간을 보낸 지 이래저래 열흘째.
이 정도 시간이면
그 나라에 얕게 숨겨져 있는 매력 정도는·발견해서
알게 모르게 끌려야할 것 같은데도
쉬이 그렇게 하지 못한 채
완벽하다고 할 수밖에 없는 철도시스템에만 찬사를 보내곤 했었다.

그런데 그런 감성의 단절은 오늘 해소됐다.

맑은 날, 약간 너운 봄날.
슈투트가르트.
평화로운 공원과 새끼 오리들, 임마 백조들.
감동적이기 이를 데 없는 미술관.
근대의 변혁기, 격동적이었던 몸부림의 흔적들.
게르만의 피,
로마화를 거부했던 그 뜨거운 피.

몬드리앙과 키리코, 달리와 마그리뜨, 마르셀 뒤샹과 막스 에른스트,
파울 클리, 만 레이, 쟈코메티로 채워진
스틸링 선생님의 주립미술관 32호실에서 느낀
시원함.

내 나이 스물아홉. ( 만 스물일곱 )
Haus Le Corbusier und Pierre Jeanneret
Rathenaustraße 1·2·3
Weissenhof Siedlung. Stuttgart.
2009. 5. 19. ㅇㅇㅇ.

로마 시대의 율리우스 카이사르
이야기를 읽고 있자니
이미 이 천 년 전에 인간사의 정치란 정치는
다 보여줬던 것 같은데
아직도 헤매고 있는 우리의 모습을 보면
그 시절 로마인들이 시만한 표정으로
"그것이 문명의 수준 차이니라."
하고 비아냥거릴 것만 같다.

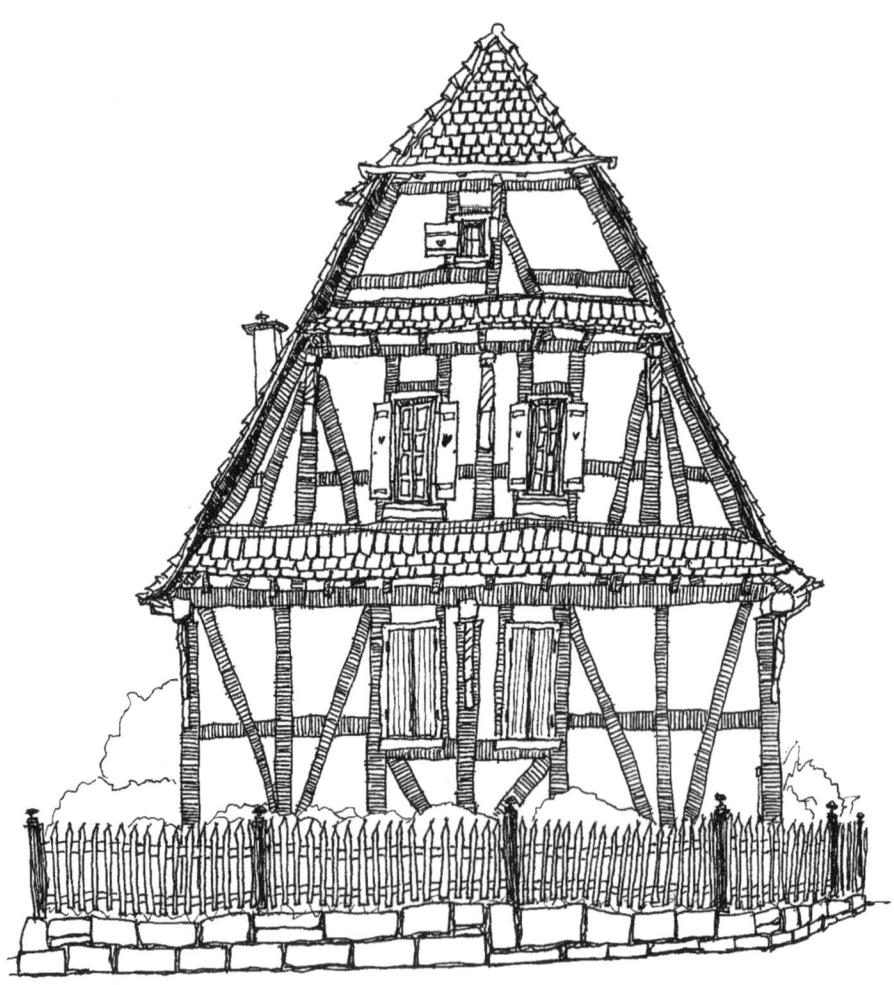

독일에서 즐기는
유레일 1등석 패스 기차여행은 꽤 즐겁다.
모든 기차를 예약 없이 탈 수 있는
시스템 덕분에 한 곳을 베이스캠프 삼아 매일같이 기차역에 나가
아무 목적지로나 타고 다니며 편하고 쾌적한 자리에서
책을 읽는 재미와 우연히 알게 되는
작은 마을을 여행하는 재미가 꽤 쏠쏠하다.

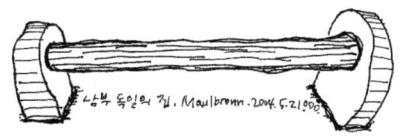

남부 독일의 집. Maulbronn. 2004. 5. 21. 900

비온 후 맑게 갠 토요일,

햇볕은 따스하고 대기는 차갑다.

그로 인해
전신을 감싸는 나른한 따뜻함과
옆구리를 스치는 시원한 바람을 느낀다면 좋겠지만
열 손가락 전부가 얼어붙는 추위와 하염없이 눈만 부신
오후의 햇빛만이느껴진다.

그 세기까지 이유.
Tübingen.
2004. 5. 22. ○○

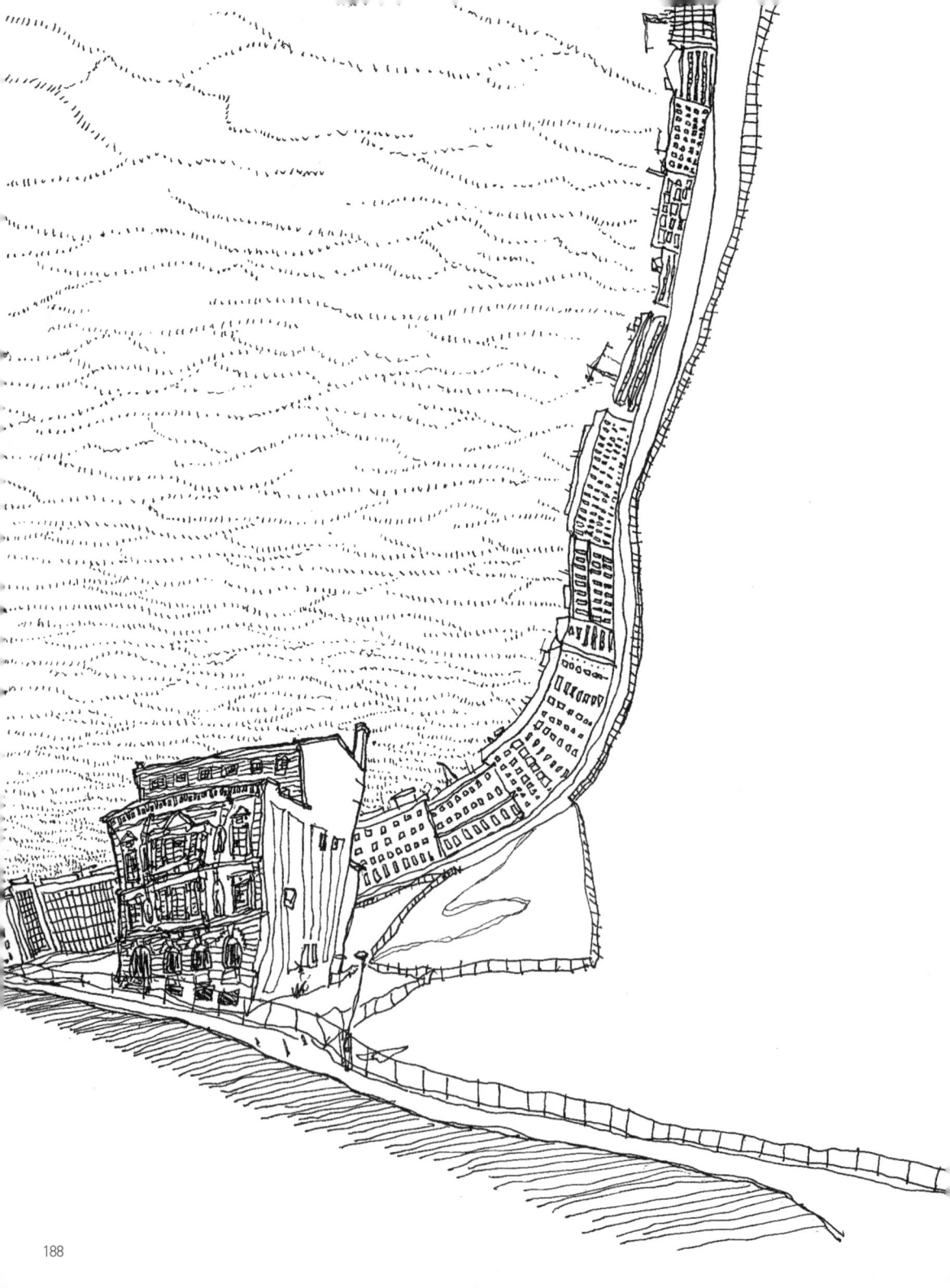

작년에 아마존을 헤매고 있을 때
한국에서 절찬리에 상영 중이던 올드보이를 봤다.
지난 어버이날에 있었던 서태지의 블라디보스톡 공연을 봤다.
그리고
베를린 한복판의 창문으로 폐허를 봤다.

눈물은 안 났지만
마음속으로는 찔끔 흘렸을지도 모른다.

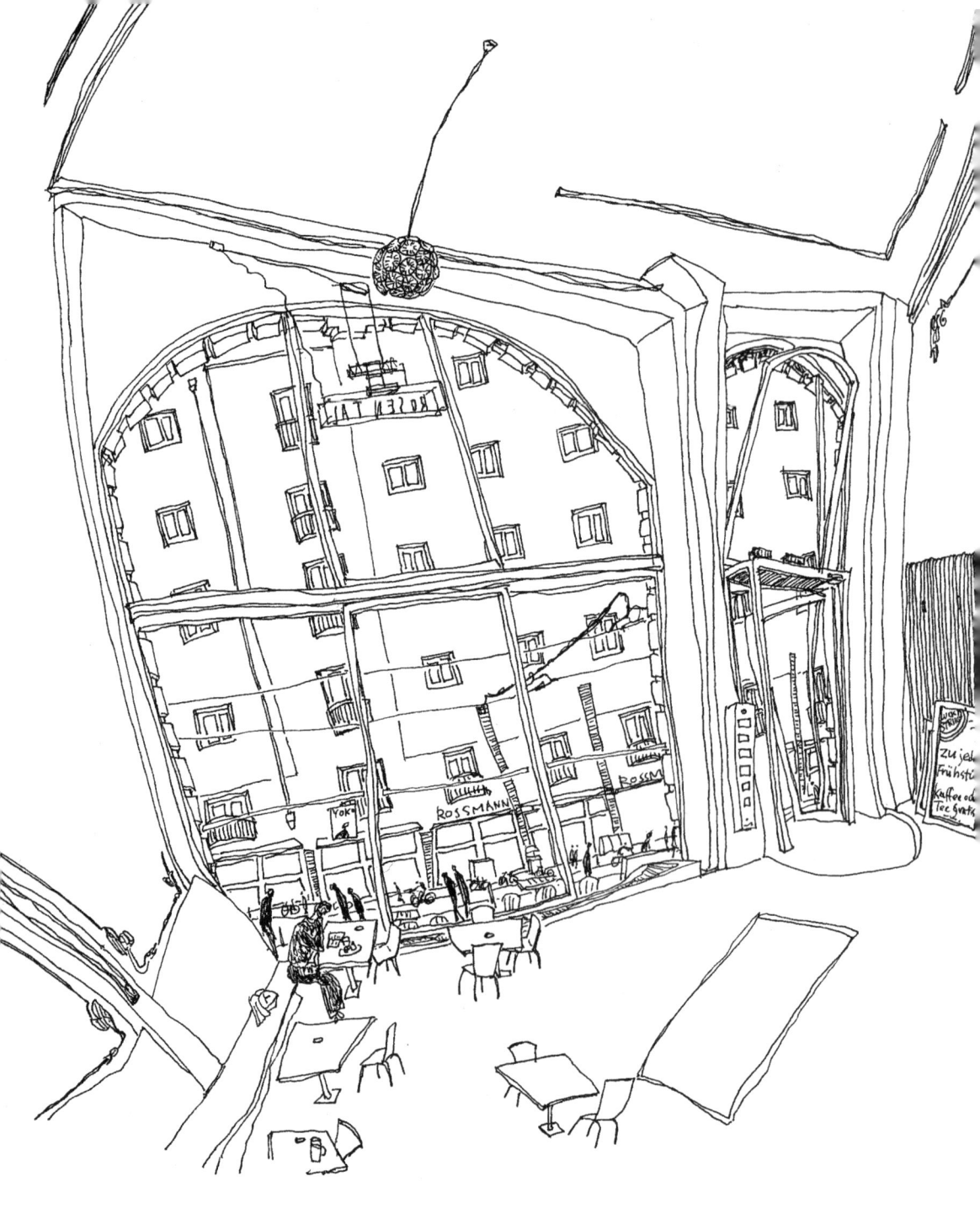

누군가를 기억하고 추억하고 회상하고 싶지만
내게는 그럴 대상이 없다.
기록은 콘크리트 파편과 관광상품으로 변환된 채
줄곧 기억을 각인시키려 한다.

구 동베를린 지역의
독일식으로 천장고가 높은 카페에 앉아
가장 평범한 맥주 한 잔을 즐기는 시간이
내게는 몇 안 되는 memory.

베를린의 오전 아홉 시는 햇살이 눈부신 듯하다.
정오가 되자
그 태양은 추억이 된다.
그리고 언제나처럼 오후 세 시가 되자
나는,
얇은 면티를 세 장 껴입고
두껍지 않은 외투를 느슨하게 걸쳐 입고
거리로 나선다.

베를린 아이들의 눈에는 천사가 보이고
베를린 이방인의 눈에는 귀신이 보인다.

"내 눈에는 천사가 보이지 않아."
Cafe ROSENTAL
Berlin. 2004. 5. 25. 000.

"고요는 환청처럼 들려오는 희미한 잡음들에 의해 완성된다."

유태계 미국인 건축가의 멋들어진 건축,
그 제일 끝자락.
'비어있는 보이드' 라는 이름을 가진 공간에는
여태껏 살아오며 보아왔던 설치미술품들 중에서
가장 감동적인 작품이 깔려있다.

6백만 영혼의 신음이
그들을 밟고 지나는 걸음에 의해
거친 쇳소리로 빈 공간을 가득 메운다.

짧은 경험들로 이루어진 내 기억이지만
감히 평하건대
공간과 예술작품이
가장 근사하게 어우러졌던 곳이 아닐까 싶다.

하지만
건물의 규모와 프로그램이 갖는
그 차가운 정치성은
씁쓸한 감동만을 가져온다.
그리고
허망한 잔영만을 남겨준다.

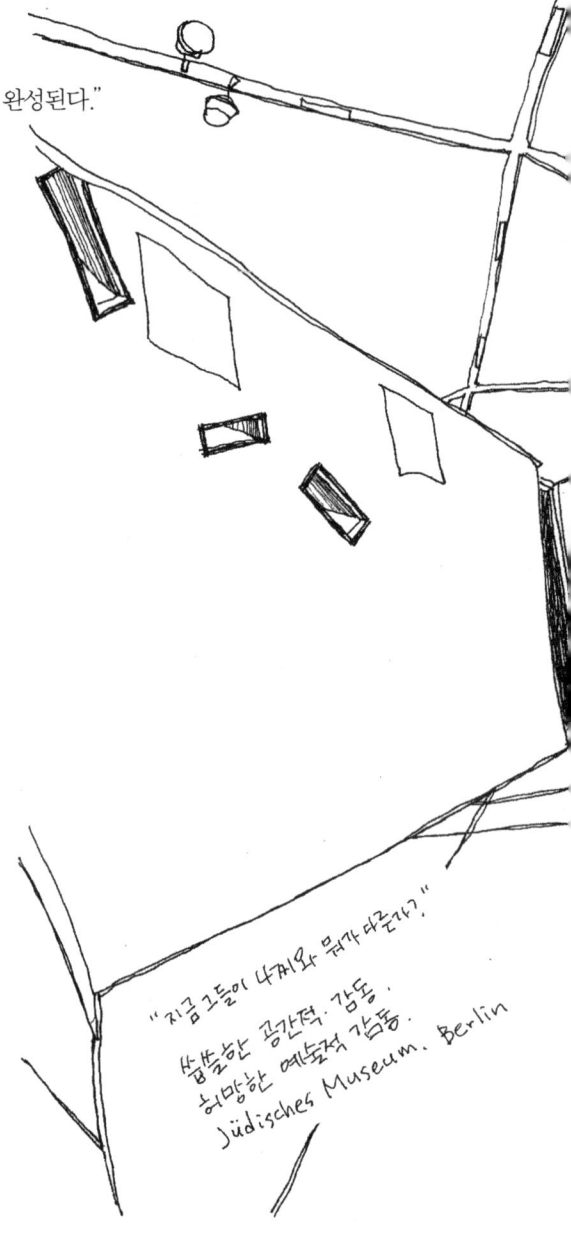

"지금 그들이 나치와 뭐가 다른가?"
씁쓸한 공간적 감동.
허망한 예술적 감동.
Jüdisches Museum. Berlin

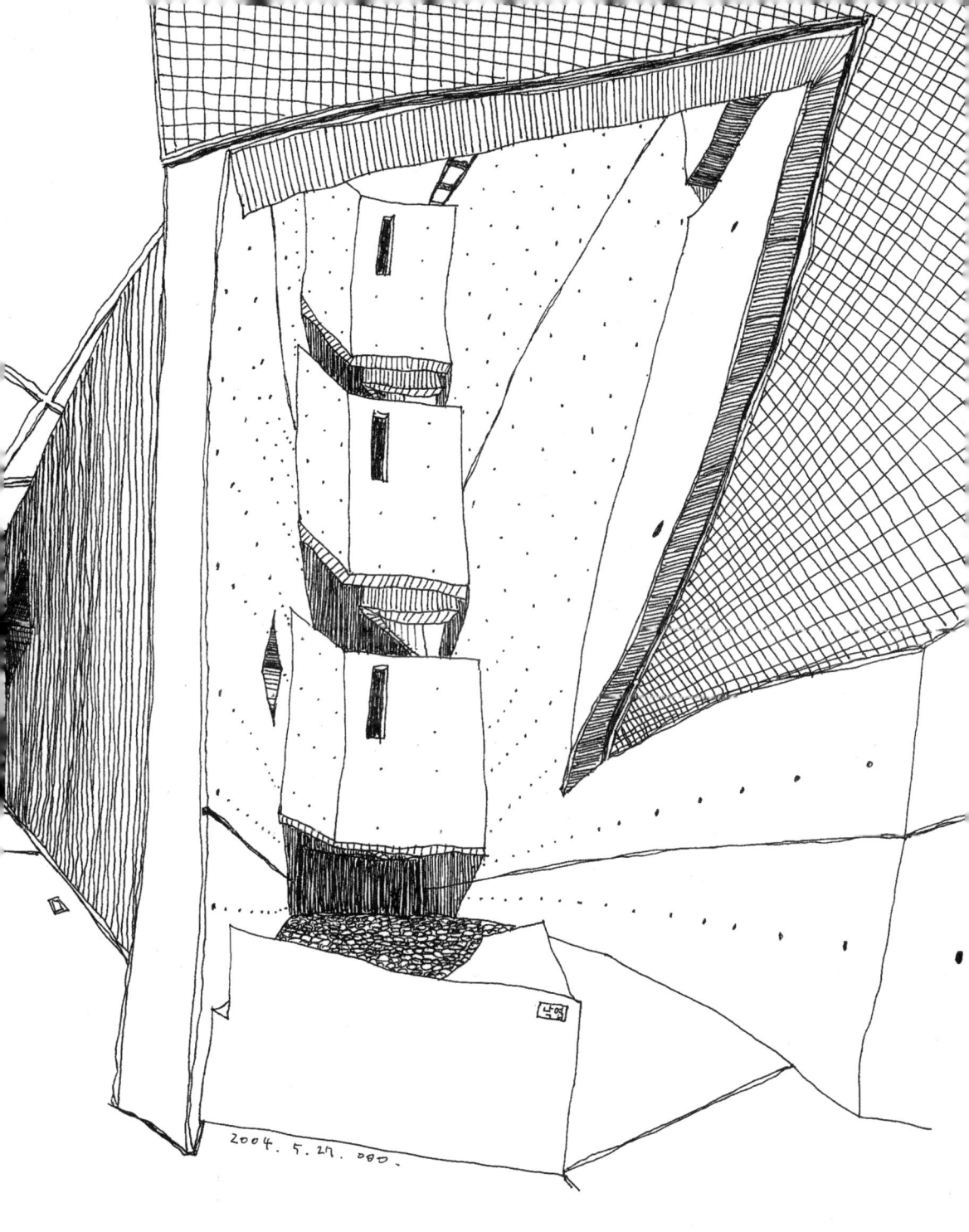

2004. 5. 27. 080.

193

독일유학생 네 명의 사이에 끼어 대화를 듣고 있었다.

"한국에 있을 때는 운 적이 별로 없었는데, 여기 와서는 툭하면 울어."
"하소연을 하고 싶어도 결국 상대방의 하소연을 듣게 되어버리는 공정한 고통이여."
"힘들어 하는 이곳은 독일이기에 프랑스는 아름답다."
"미치지 않으리……."

갑자기 빅맥 세트가 먹고 싶어졌다.
분명히 맥도날드가 하나 있을 것이라는 확신을 갖고
주린 배를 움켜쥐며 작은 도시를 빙빙 돌았다.
없었다.
다리가 아파서 포기했다.
그리고 케밥을 배불리 먹었다.

인생에는 의외로 필연적인 요소가 많은데
늘 그렇듯이 케밥집에서 조금 걸어 나오자마자
맥도날드를 보았다.

꽃가루가 눈처럼 흩날리던 화창한 봄날,
가까운 과거를 의식에서 지우다.

인류는 진화한다.
DRESDEN. 040530.000.

LONDON 옷깃만 스쳐도 인연

무비자로 여행하는 이유로
영국에 잠시 들러 입국도장을 갱신해야만 했다.

싸구려 비행기는
하루에 다섯 편만 출발하는 작은 공항에
출발 시간이 10분이나 지나서 도착했다.

예정보다 1시간 늦게 이륙하고
예정보다 40분 늦게 착륙한다.

영국 공무원에게 손가락 다섯 개를 펼쳐 보인 후,
한참을 기다린 끝에 나오기 시작한 짐들 중 내 것을 들었다.
훌리건처럼 바리케이드를 넘어 야간 버스를 타려는 인파에 섞여
같이 바리케이드를 넘어 간신히 야간 버스에 탔다.
오감을 무력화시키는 뒷자리 뚱보 아저씨의 코코는 소리에 괴로워하며
손톱 끝으로 버스 창을 긁으며 버틴 끝에 런던 시내 한복판에 섰다.

새벽 두 시.

낯선 장소의 어둠 속에서 공복의 고통은 야간 시내버스를 포기하게 한다.
타고 싶은 마음이 절로 들게 하는 택시에 올라타 말했다.

"토텐함 코트 로드. 플리즈."
"쏘리?"
"토텐함 코트 로드."
"쏘리?"
"토텐함 코트 로드."
"아! 토텐함 코트 로드~!"

부랑아가 치근덕거리는 새벽의 거리에서
어렵사리 친구와의 재회가 이루어진다.

새벽 세 시.

네덜란드 Nederlanden

슬럼프에 빠져버렸다.
슬럼프는
언젠가는 극복될 운명을 갖고 있기 때문에
존재가치가 있는 것이지만
몸이 아픈 것과 함께 와버리니
기약 없는 무기력에
빠지고 말았다.

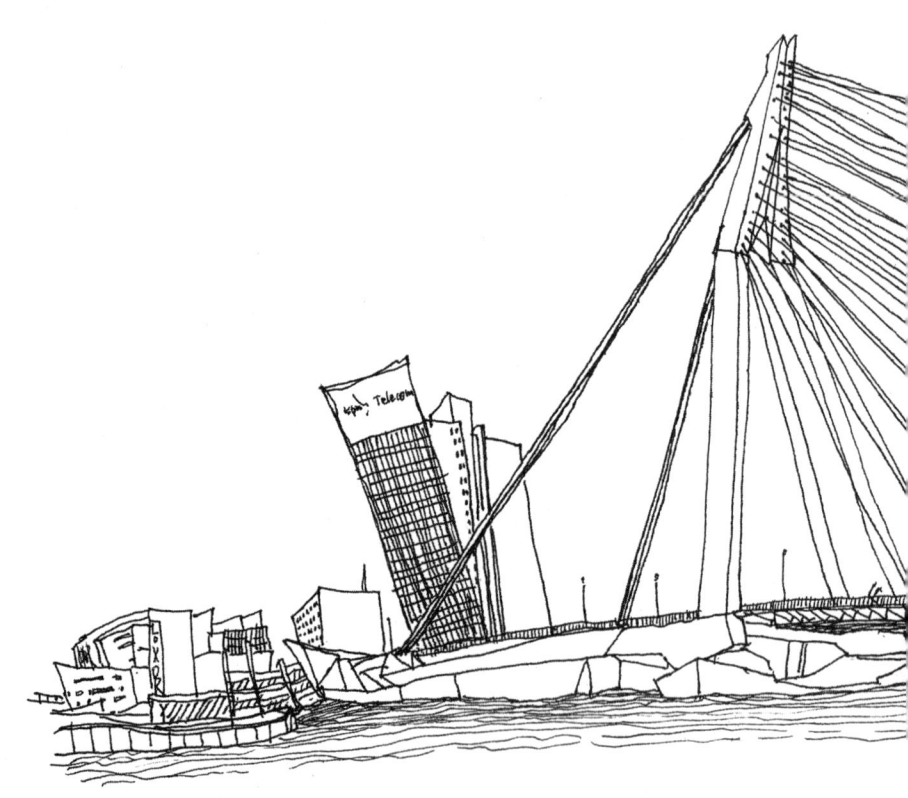

아프다.
Rotterdam.
2004. 6. 7. ᴏᴏᴏ

네덜란드에서 건축을 공부하는 형과 그의 룸메이트인
그리스인 학생 부부와 저녁을 먹었다.
함께 졸업반인 그들은
얼마 남지 않은 최종작업 마감에
머리카락 끝까지 스트레스로 찬 듯해 보였고,
행동들은 피곤에 지쳐 흐느적거렸다.

맥주를 한 잔 마시다가,
미치겠다는 듯 갑작스레 탁자 위의 담배를 집어 무는 마리아는
내내 죽을상이다.

"난 이해해."
내가 한 마디 던졌다.
그랬더니 정색을 한 그녀의 대답이 바로 돌아온다.

"넌 이 스트레스를 절대로! 절대로! 절대로! 이해 못 해."

하긴,
전 세계에서 가장 고달프다는 이 곳 건축대학원의 압박감을
한 번 쓱 둘러본 내가 알기는 불가능할지도 모르겠다.

마치,
삼 일에 한 번쯤은 돌부리에 머리를 박고 싶고,
일주일에 한 번쯤은 쥐도 새도 모르게 세상 밖으로 도망치고 싶고,
한 달에 한 번쯤은 공사 중인 건물 꼭대기에서 뛰어내리고 싶고,
이도저도 아닌 나머지 시간들엔 심장이 벌렁거리도록 열받아 있어야 하는
대한민국 건설회사 현장직원들의 심정을
그녀 역시 상상하지 못하는 것처럼.

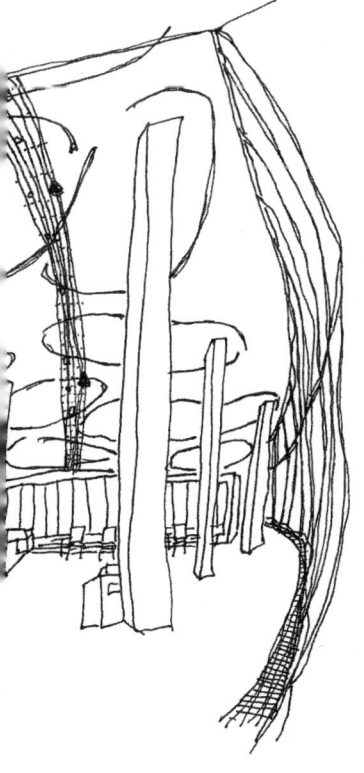

슬럼프증 탈출용 실티라H.
KUNSTHAL CAFE.
ROTTERDAM. 2004. 6. 8 .ooo.

자유보다 더 값진... 여유. 2004. 6. 9.
AMSTERDAM. ㅇㅇㅇ.

반 고흐 미술관에 가서
가장 인상 깊었던 그림은
해바라기도, 아를르의 집도,
미쳐가고 있는 얼굴도 아니었다.
3층 한쪽 구석에 따로 전시되어 있는
18세기 일본의 그림들이
인파에 밀려 대작들을 감상하는 것에
흥미를 잃어버린 나에게
매혹적으로 다가왔다.
실로,
고흐가 반할 만했고,
고갱이 반할 만했고,
세잔느가 반할 만했다.
21세기 오늘날에도
그 감각이 무뎌 보이지 않는다.

우리는 어쩌면,
우리가 인식하고 있는 시기보다
좀 더 일렀던 때에 이미,
일본에게 추월당했던 것이 아니었을까 하는
생각이 들었다.

하이네컨 네잔째.
Amsterdam.
2004. 6. 10. 000

하루 내내 머릿속에서
'우리는 단일민족이 아니다' 라는 생각이 떠나지 않았다.
도대체 어디를 봐서 장동건과 송강호와 오영욱이
같은 민족일 수 있는가 말이다.
그렇게 따지면 아프리카도 단일민족대륙이고,
1차대전 역시 동족상잔의 비극이다.

암스테르담의 한 운하가에서
스케치를 끼적이고 있으니
명백하게 포르투갈인인 커플과
명백하게 핀란드인인 여자 애가 다가와서
자기네 워크샵 프로젝트의 모델이 되어달라고 한다.
조그민 캠고디 앞에서 그림을 그리며
한국말로 막 주절대면 되는 일이었는데
하늘빛이 사라지며 시끌벅적해지는
홍등가 근처의 유쾌한 분위기에 취해
혹은, 난생 처음 마이크 잡고 카메라 앞에 서서 흥분해
그 녀석들이 원했던 것보다
더 많은 말을 해버린 것 같기도 하다.

우여곡절 끝에 빠리에 도착했다.
낯익은 거리풍경 속에서  대형슈퍼마켓 야채코너 같은
선선한 공기를 양껏 들이마셨다.

빠리 사는 친구와 함께 에펠탑 근처의 한국 식당에 가서
24,000원짜리 소주 한 병을 비웠다.

초여름 밤에 시위하듯 소풍 나온 빠리 시민들 사이에 끼어
봐도 봐도 질리지 않는 위대한 에펠탑을 봤다.

어쩌면 한동안은 다시 올 일이 없을 빠리의 밤거리는
이역만리 타향에서 간만에 마셔보는
소주의 첫 잔만큼이나 달콤했다.

8년만에 완성한 에펠탑
1996 ~ 2004.
PARIS. 000.

211

아아…….
여행 아무리 오래해도 다 소용없다.
길에다 흘린 20유로 생각이 머릿속을 떠나지 않으니…….

마음을 다스리라.
지나간 일은 잊고, 앞으로 흘리지 말자.

스페인 España

내 피를 따뜻하게 해주는 곳.
남유럽으로 다시 떠난다.
내 전생에 로마의 벌레였기라도 하듯,
게르만 문화에 결국 완전한 정을 주지 못하고
이미 뜨거운 태양이 작열하고 있을 그곳으로 간다.
두근두근.

뒷마당
Barcelona
2004. 6. 14.

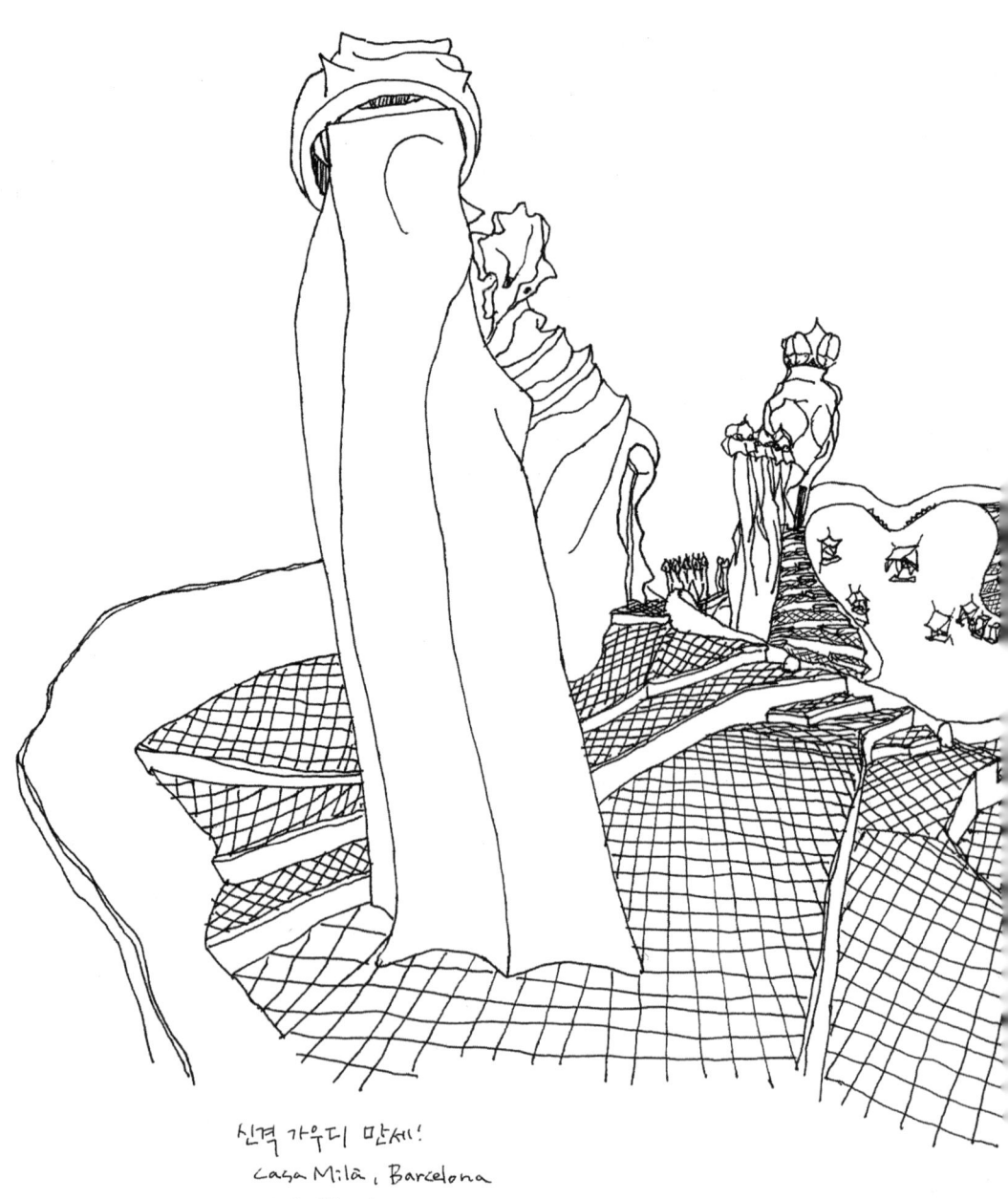

신격 가우디 만세!
Casa Milà, Barcelona
2004. 6. 15. ○○○

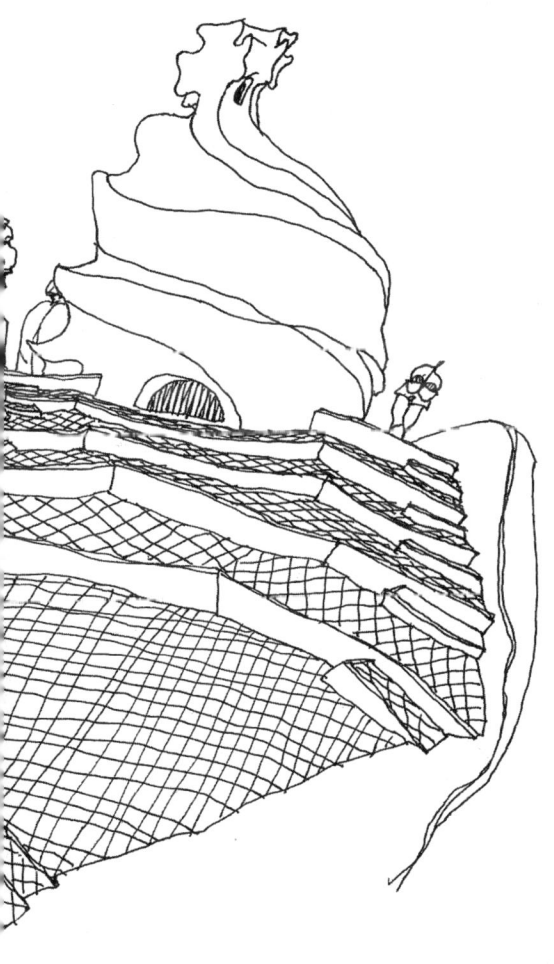

다시 아프기 시작했다.
아침으로 동네 빵집의 갓 구운
크로와상 두 개를 먹었고
점심으로 시리아 식당에 가서
고기빈대떡 같은 걸 먹었다.
저녁으로는 한국식당의 육개장.

아플 때마다 정신력을 되뇌어야만 하는 것에도
살짝 지치려고 한다.

요즘 읽고 있는 책의 주인공이 르네상스 시대의 한 창녀인데다가,
어제 시내버스에서 한참을 마주앉아 보고 있던 사람이
어느 예쁘장한 아프리카 여자 애였던 이유로
지난밤에는 흑인 창녀가 나오는 꿈을 꿨다.

그녀는 거의 죽어가고 있었고, 옷은 적당히 입고 있었다.
꿈이었기 때문에 죽어가던 여자는 갑자기 벌떡 일어났고,
옷은 어느 순간엔가 벗어던져 버렸다.
벌거벗은 그녀의 몸 구석구석에는 박물관에서 봤던 스페인풍 문양의 문신이 가득했는데
어두운 피부빛에도 불구하고 선명하게 인식되었다.
그녀는 나에게 한국말로 한 마디를 건네고 바로 죽어버렸는데
그때 내가 들었던 말은 '미안해'였다.

아직 태양이 작열하는 이른 저녁시간.
마드리드 북쪽, 한적한 주택가 사이에 위치한 카페에 갔다.
사람 좋게 생긴 종업원이 텅 빈 카페의 구석자리로 다가왔다.

"안녕, 뭐 마실래?"
"가능해, 언제, 먹을 거, 저녁?"
"아, 어떤 거?"
"봤거든, 나, 저기에서, 문앞, 오늘의 메뉴."
"아, 미안. 그거는 오늘 안 돼. 메뉴판에서 골라 봐."
"음, 실은, 이따가, 먹는 건, 지금, 마실 거, 먼저."
"아, 뭐 마실 건데? 맥주? 코카콜라?"
"음, 음, 우유 탄 커피."
"아! 우유 탄 커피!"

그래서 우유 탄 커피를 두 시간에 걸쳐 마신 후
아홉 시가 되었을 때
해물크로켓과 맥주로 간단한 저녁을 먹었다.

땅이 낟다. Madrid. 2004.6.18. 영번.

Museo Thyssen – Bornemisza
Madrid. 2004. 6.19. ㅇㅇㅇ.

여전히 태양이 작열하는 저녁 아홉 시.
마드리드 북쪽, 어제와 같은 카페에 갔다.

"안녕!"
"아! 안녕! 기분 어때?"
"좋아. 고마워."
"우유 탄 커피 줄까?"
"아니. 원해, 오늘은, 맥주."
"아! 맥주! 배는 안 고파?"
"안 고파. 맥주, 오직, 원해."
"앉아 있어. 내가 갖다 줄게."
"응. 고마워."

얼굴이 익었다고 올리브를 비롯한 안주거리를 함께 가져다줘서
몸도, 마음도 즐겁게 취해갔다.
비록 남미 사투리지만 스페인어를 쓸 수 있다는 즐거움.

여행을 시작한 지 1년째 되는 날이다.
다만 지구는 작년 이날과 거의 비슷한 위치로 돌아왔을 뿐이다.

1년전 오늘, 나는 떠났다.
기념자화상. España
2004. 6. 24. ○○○.

평소에도 뭘 먹다가 혀를 잘 깨무는 편이지만
오늘 저녁 케밥을 먹으면서
깨물었던 것은 실로 처참했다.

얼마나 처참했냐면,
아프기로는 먹는 도중
그대로 바닥에 쓰러져버릴 정도였고,
그것보다 더 끔찍했던 것으로는
케밥에서 인간의 피맛이 난다는 사실이었다.
무엇보다 최악이었던 것은
혀를 깨물었던 시점이 그 큰 케밥을
단 두 입째 먹었을 때였다는 점이다.

분위기는 냄새에 압도당한다.
Granada. 2004. 6. 4. 000.

225

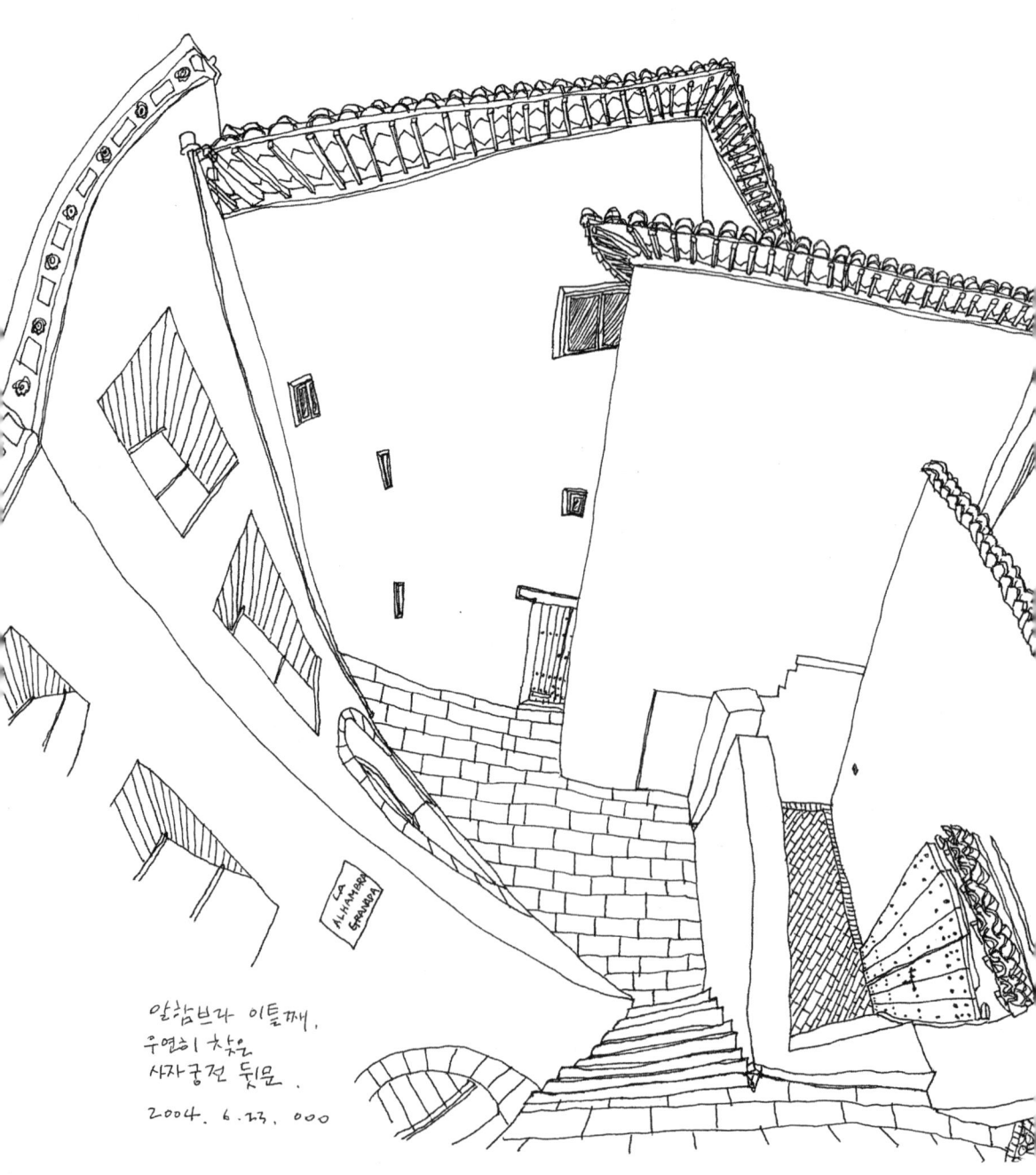

LA
ALHAMBRA
GRANADA

알함브라 이틀째.
우연히 찾은
사자궁전 뒷문.

2004. 6. 23. ○○○

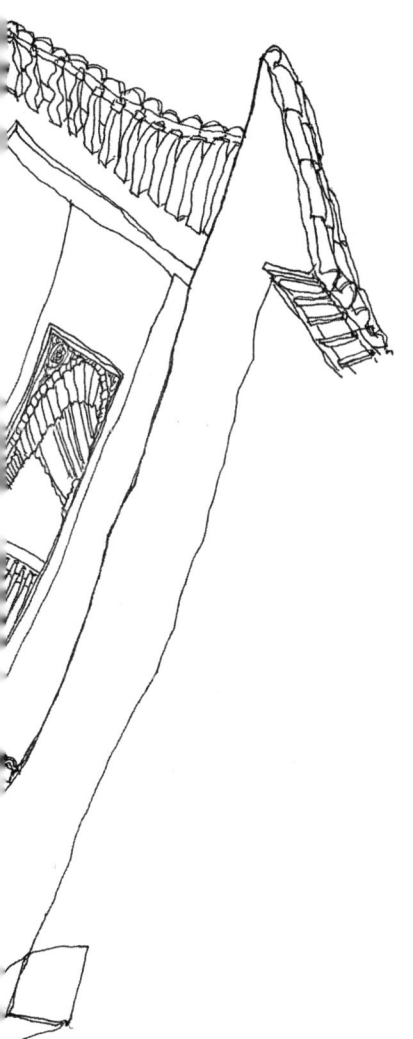

알함브라 내 나사리에 궁전의 유명한 파티오에서
스케치를 하고 있자니
다른 곳들과는 달리 관광객들이 많은 곳이라
적지 않은 사람들이 기웃거리고 간다.
간단히 인사만 오고가는 그 상황에서
거의 네 시간 동안 나의 국적을 물어보는 사람이 하나도 없었기에
오늘도 역시 일본인이 되고 말았다.

한국 사람들은 세 번 지나갔는데,

첫 번째 남자 애 두 명은
음식 먹는 게 금지된 그곳에서 당당하게 빵을 먹고 다니면서
구조체가 약하다고 만지지도 못하게 하는 기둥들에 매달리고 해서
나도 알은체를 안 했고,

두 번째 어르신 부부와 젊은 자식 내외들은
나에겐 너무나도 이해가 잘 되는 한국말로 고함을 치고 다니셔서
알은체를 안 했고,

세 번째 내 스타일은 아니었던 여자 애 세 명은
알은체를 할 틈도 없이 구경도 안 하고 그냥 지나가버려서.

결국,
늘상 그렇듯이,
나는 동양사람, 혹은 일본인으로
하루를 살았다.

금상첨화

Patio del Cuarto Dorado
Palacios Nazaries, Alhambra
2004. 6. 23. ㅇㅇㅇ.

손짓 한 번에 의해 끊임없이 채워지는 맥주잔과
재떨이에 수북이 쌓여가는 올리브 씨앗들이
2004년 6월 24일 밤의 친구가 된다.

대지는 그 열기를 어둠 속에 묻어버리고
기타를 든 거리의 연주자들이 그 자리를 대신한다.
나는 기꺼이 주머니를 뒤져 동전을 꺼낸다.

아랍 카페에서 마조끼차를 마신 후 더위에 취해 쓰러지다. Granada
2004. 6.24
0ㅡ0.

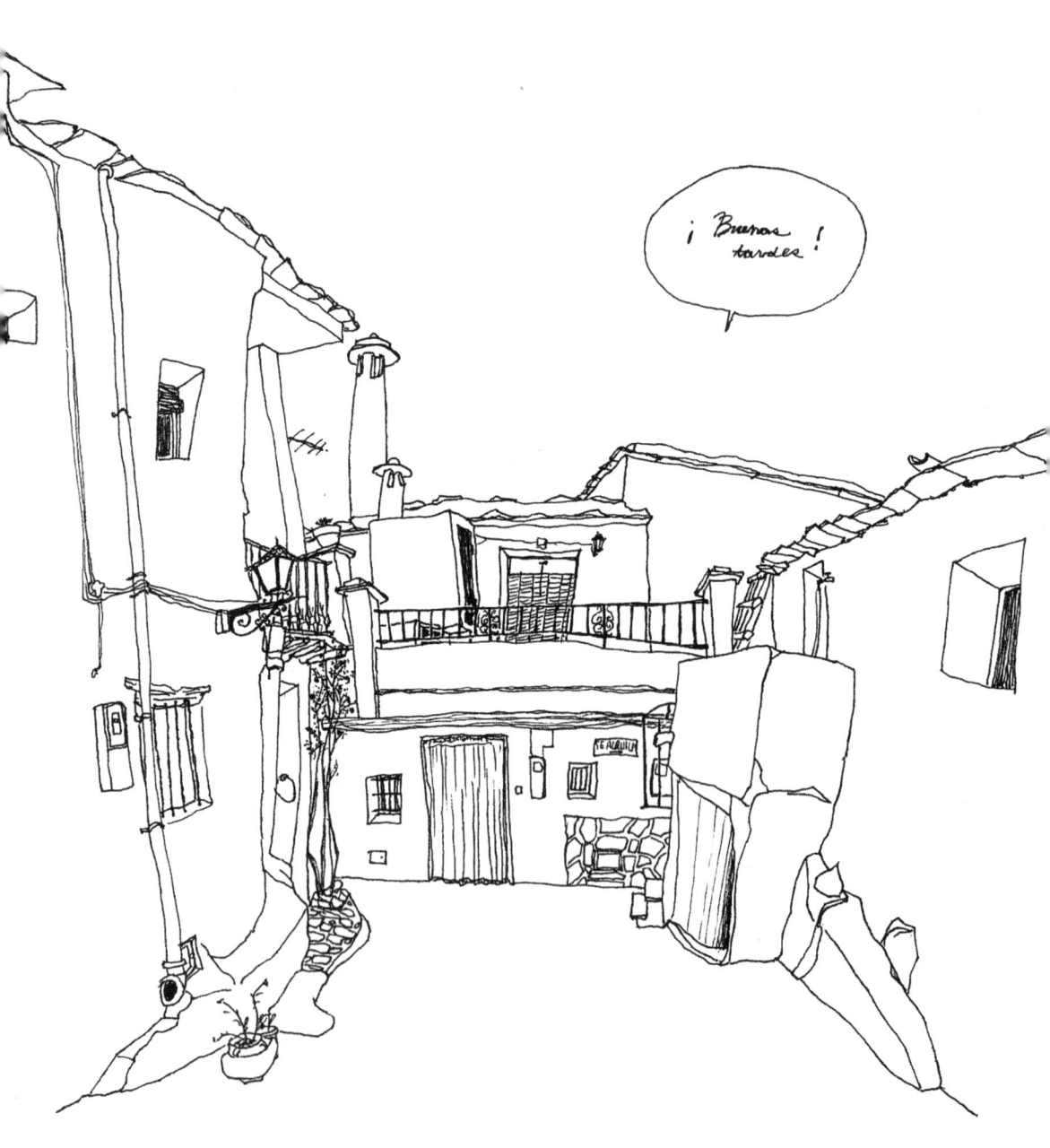

시에라 네바다 깊숙한 곳에 위치한 하얀 집 마을에 와서
시골아줌마의 투박한 손으로 만들어진
정체불명의 차가운 죽과, 죽은 지 한참 된 듯한 돼지고기 요리를 먹었다.

집이 하얗다는 것만 빼면
만년설 아래로 펼쳐지는 경관도, 푸석푸석한 음식 맛도
영락없이 안데스로 돌아온 느낌이다.

인심 좋은 시골집들.
Bubión, Andalucía
2004. 6. 25. ㅇㅇㅇ.

오후 세 시,
섭씨 43도까지 올라가버렸다.
그늘에서조차 서 있기가 버겁다.
그렇다면 낮잠을 자야지.
속옷만 입은 채 큰대자로 퍼졌다.
사실 여기까지는 아주 좋았다.
다시 눈을 떠보니 저녁 아홉 시가 되어있는 것이다.

기나긴 밤이 다가오고 있다.

무적의 자국팀이
예선에서 떨어져버리는 바람에
스페인 사람들의 관심에서 다소 멀어져버린
EUROCOPA 2004 8강 경기를 홀로 즐기며...
Sevilla . 2004 . 6.26. 00е .

꽤 분위기가 괜찮은 허름한 바에서
내 여인숙 방으로 가기 위해서는
차도 지나다닐 수 없는 좁은 골목길을
구불구불 따라가며
작은 광장을 네 번 지나야 한다.
그 중간에 얼핏 공원이 보일 때도 있다.

. . . . . . 오늘도 43°C . . . . . .

Alcazar, Sevilla.
2004. 6. 29. 000.

플라멩코 입장권이 매진돼 버렸다.
그래서 그냥 길가에 앉아 맥주를 마셨다.

LAS TERESAS

Heineken

cafe bar

sevilla 오후 오후기니. 2004. 6. 28. 800

태양이
너무 가까이 있다.

기록경신: 46°c

HOSTAL
Las Palomas,
Jerez de la Frontera

2004. 6. 29.

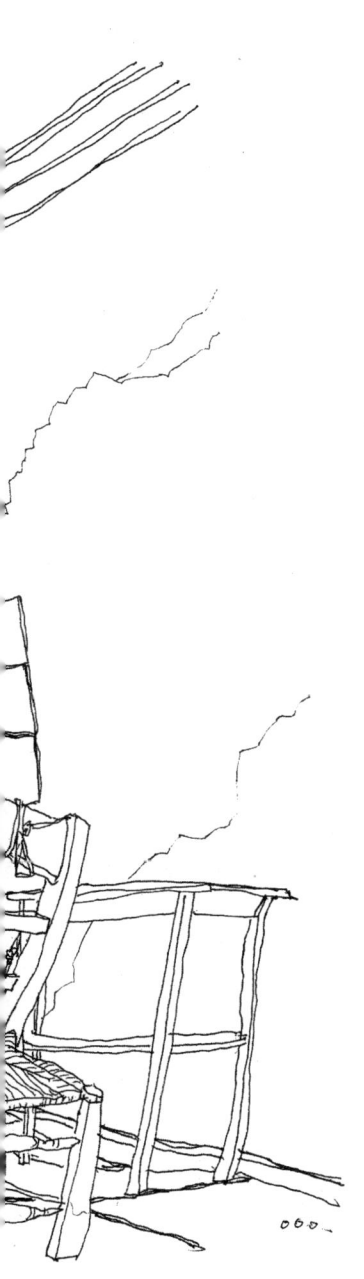

셰리 와인 만드는 공장을 견학했다.
비싼 돈 내고 한 투어라, 혹은 갈증이 나서,
30대 중반의 일본인 노처녀 두 명과 함께 시음 코너에서 신나게 마셨다.

숨을 곳도 없이 태양이 작열하는 남부 안달루시아의 오후 네 시,
술김에 세 명이서 신나게 비틀거리며 뛰어다녔다.
내가 할 줄 아는 모든 일본어를 총 동원한 채로…….

"와따시와 간고꾸노데스네, 와리바시, 다꾸앙,
오겡끼데스까? 벤또, 사시미, 빠가야로,
타다오 안도, 소오데스네, 토리야마 아키라,
모노노게 히메, 스미마셍, 아리가또 고자이마시따……."

후기.
미친 짓이었다.
방으로 돌아와서 오후 아홉 시까지 곱게 뻗어 있었다.

241

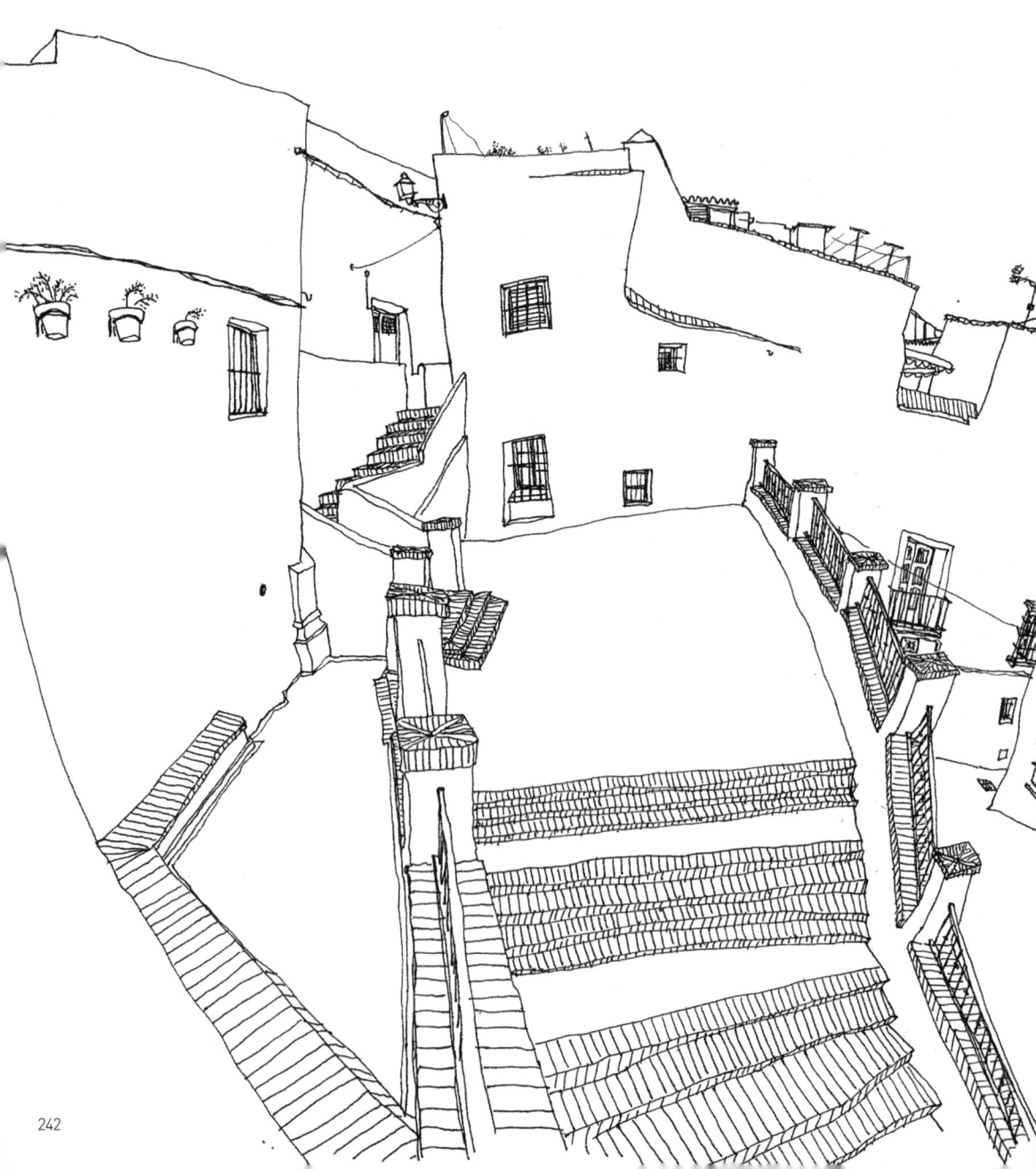

신을 버리는 대신에
전략적으로 살아가자.

" 씨에스타 "

순백 예찬
Arcos de la Frontera
Andalucia, 2004. 6. 30.

ODD.

상상력은 아름답다.
고문을 찬양하는 자에게는 고문을 가해야 한다.
꿈★은 종종 이루어지지 않는다.

그런데
사실 작지만 절실했던 꿈 한 가지가 돈의 힘으로 이루어졌는데
평소보다 5유로를 더 투자하여
에어컨 달린 방에 들어와
지난 며칠 동안 한없이 달궈졌던 몸을 식혔다.

오렌지 나무 두 그루가 그늘을 드리우고 있는
골목길 중간의 작은 공터.

Córdoba, España _ ooo.

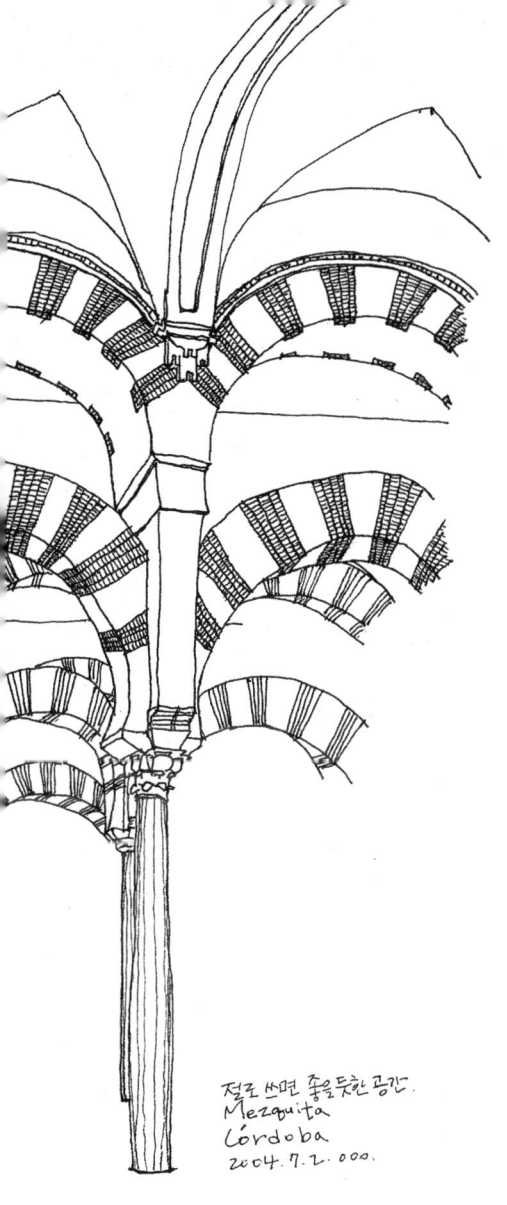

절로 쓰면 좋을듯한 공간.
Mezquita
Córdoba
2004. 7. 2. 000.

밤마다 불면증에 시달린다. 달콤했던 낮잠의 후유증.

토요일,
버스도 없고 사람도 없다.
마을에서 조금 떨어진 기차역에 내려
개미새끼들만 있는 공장지대를 지나
새삼스럽지도 않은 강렬한 햇볕을 머리카락으로 받으며
가고자 했던 곳으로 왔다.
돈키호테도 더위에 지쳐 쓰러지지 않았을까?

그가 맞장 떴던 풍차들 앞에 와 보니
문득 내가 세르반테스의 소설을 읽어본 적이 없다는 사실이 떠올랐다.
어린 시절, 만화영화로만 띄엄띄엄 봤던 것이다.
뭐, 그렇다한들
늦은 오후에 홀로 풍차들 사이에 앉아
급속도로 익어가며 상념에 빠져있는 것도
나쁘지 않은 일이다.

Don Quijote 의 전설…
Campo de Criptana
Castilla - La Mancha
2004. 7. 3. ㅇㅇㅇ.

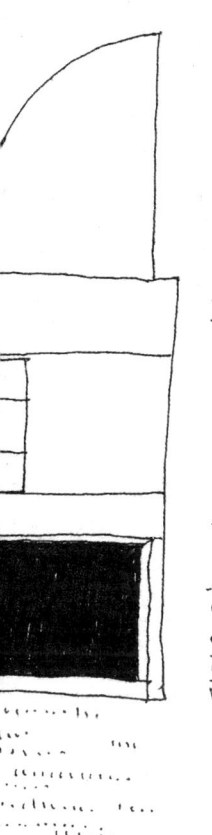

가우디의 의자들. CAFE AMB LLET 에서. Barcelona. 2004. 7. 7. 000

지난 나흘 동안
단 한 장의 사진도 찍지 않은 채
유유자적하며
흩날리는 바람을 타면서 놀다가
오늘 스케치북을 들고
길을 나섰다.

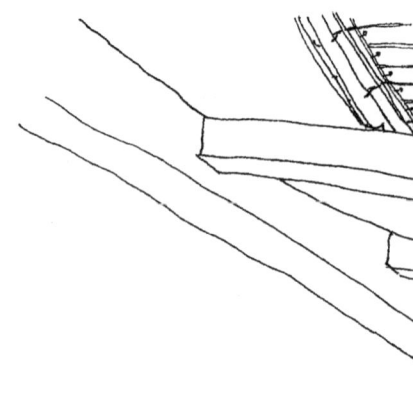

부산의 바다.
뉴욕의 바다.
바르셀로나의 바다.

공통점은 가까운 듯하면서도 무척 멀다는 것이다.
오늘의 지중해는 잔잔했다.

바르셀로나에는 바다가 있었다.
FORUM 2004. Barcelona
2004. 7. 8. 6:00.

8년동안
많이 지었군요.
Sagrada Família
Barcelona
2004. 7. 9. 000.

인식은 기억에 좌우된다.
그런데
기억은 인식에 의해 변질된다.

그녀에 대한 인식.
그녀에 대한 기억.
결국 성한 것이 없다.

이탈리아 북부 Nord Italia

깜삐돌리오 언덕.

똑같은 모습을 하고, 똑같은 책을 들고,
다만 생각만은 다양할
한국인 여행객들이 로마로, 로마로, 모여든다.
하루 종일 깜삐돌리오 언덕의 그늘가에 앉아
거의 일어날 리가 없는 일들을 싱싱하며
로마의 관광객을 구경했다.

S·P·Q·R 과 영웅.
깜삐돌리오 언덕.
2004. 7. 12. ooo.

포에니 전쟁 당시 한니발이 로마로 쳐들어갔던 길을 따라
야간열차와 급행열차를 타고 두 개의 산맥을 거쳐
바르셀로나에서 이탈리아 중심부까지 진격했다.

코끼리가 넘어갔던 알프스를
침대칸의 이불 속에서 눈만 빠끔히 내놓은 채 경치를 감상하며
무리 없이 지나쳤고
밀라노의 역내 카페에서 누마디아*에서 온 잘생긴 남자가
자기 네 집으로 같이 자러 가자고 했던 추파를 받아보면서도
나는 마치 애꾸눈 장군이 된 듯했다.

하이라이트는
로마행 기차에서
나보다 목 하나씩은 더 크고,
음모만 숨기듯 골반에 간신히 걸친 빽바지를 입고,
하나같이 삐쩍 마르고 가슴이 봉긋한
아메리카 대륙에서 온 패션모델들이
나의 전후좌우에 포진하고 앉아
그녀들의 향긋한 체내음에 반쯤 취했던 일이다.
이런 게 행복이 아닐까?

*한니발 전쟁 당시의 로마 시대에 북아프리카에 있던 나라

남들과 다른 것만을 좋아하는 사람과 대화를 나누고 나면 조금,
우울해진다.

1996년 8월의 피렌체를 추억하며.
2004. 7. 14. ㅇㅇㅇ.

아르노 강가에서 스케치북을 펴놓고 있었다.
한 외국인 녀석이 다가와서
메모를 해야 하는데 종이 한 장만 뜯어줄 수 없냐고 했다.
내 스케치북은 엽서 크기의 종이 12장이 묶여 6유로가 나가는 것이다.
즉, 작은 종이 한 장이 700원쯤 한다.
잠시 고민하다가,
"미안하지만 이건 그림용이라 좀 비싸기도 하고 장수도 없어서 주기가 힘들어."
라고 거절했다.
무안한 표정으로 돌아가는,
아마도 종이라고는 복사용지나 써 봤을 그 녀석에게는
그까짓 종이 한 장 아끼는 동양 자식이 웃기지도 않았을 것이다.
투덜거리는 녀석들의 일행이 사라지고 나자
괜히 찜찜해진 기분에
'그냥 한 장 주고 말걸. 괜히 뒷말 듣는구나' 하는 생각에 휩싸여버렸다.

사람들은 자신이 아는 세계가 전부라고 생각하는 것이다.

로마 시대 원형극장의 관중석은
창문을 부라리고 있는 평민들의 집들로 바뀌었다.
나는 검투사가 되어 그곳에 선다.

옛 원형극장이었던 그곳에 서서..
Piazza Anfi Teatro, Lucca
2004. 7. 16. OOO.

그동안 유스호스텔 내 침대의 위 칸에서
몸을 지탱하기도 어려울 정도로 발냄새를 풍기며 같이 지냈던
프랑스인 아저씨랑 말을 텄다.
아는 사람의 발냄새는 모르는 사람의 것에 비한다면
오만억 배는 참기가 쉽다.

길었던 여행.
머릿속과 마음속이 꽉꽉 들어차버렸다.
잠시 쉬자.
푸욱!

나는 낮잠 자는 중.
San Gimignano 2004.8.001.

처음으로 예전에 묵었던 숙소에 다시 짐을 풀게 되었다.
기억의 조각들은 베네치아 석호의 잔잔한 물결처럼 아른거리고,
지금보다는 어렸던 그 시절의 감성은
여전히 그 파동 위에 떠다니고 있다.

머리가 조금 큰 다음 바라봤던 석굴암 본존불의 미소가
내 마음을 흔들었던 것처럼,
변한 것은 거의 없을 유스호스텔 건너편의 경관은
시글프도록 아름답다.

석호가에 앉아 맨발을 늘어뜨린 채
어둠 속에 묻혀가는 두깔레궁을 바라보고 있으니
수상버스가 지날 때마다 일으키는 작은 출렁임이
시원하게 발바닥을 간지른다.

사실 형언하기 힘든 빛깔의 오염된 물이
어둠에 묻혀 눈에 보이지 않기에
더욱 시원하다.

베네치아 공화국은 건재하다.
나의 생애를 넘어...

Venezia. 2004. 7. 19. ㅇㅇㅇ.

행복한 여유가 구석구석 숨어있는 이 찬란한 베네치아에서
단 한 가지 아쉬움이 있다면
기차를 타고 이 섬으로 들어왔던 여정인데
훗날 돈도 벌고 시간도 된다면
이곳을 경유하는 크루즈 여행에 참여하여
반드시 아드리안 해를 통해 베네치아 공화국을 접견하리라.

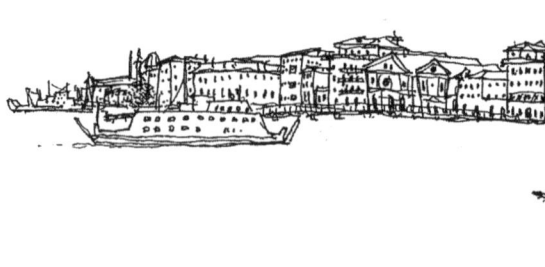

Venezia. 2004. 8. 20. 000.

내가 떠나온,
그 푸른 바다가,
가장 빛나는 곳은 아닐까...
- 엘도라도

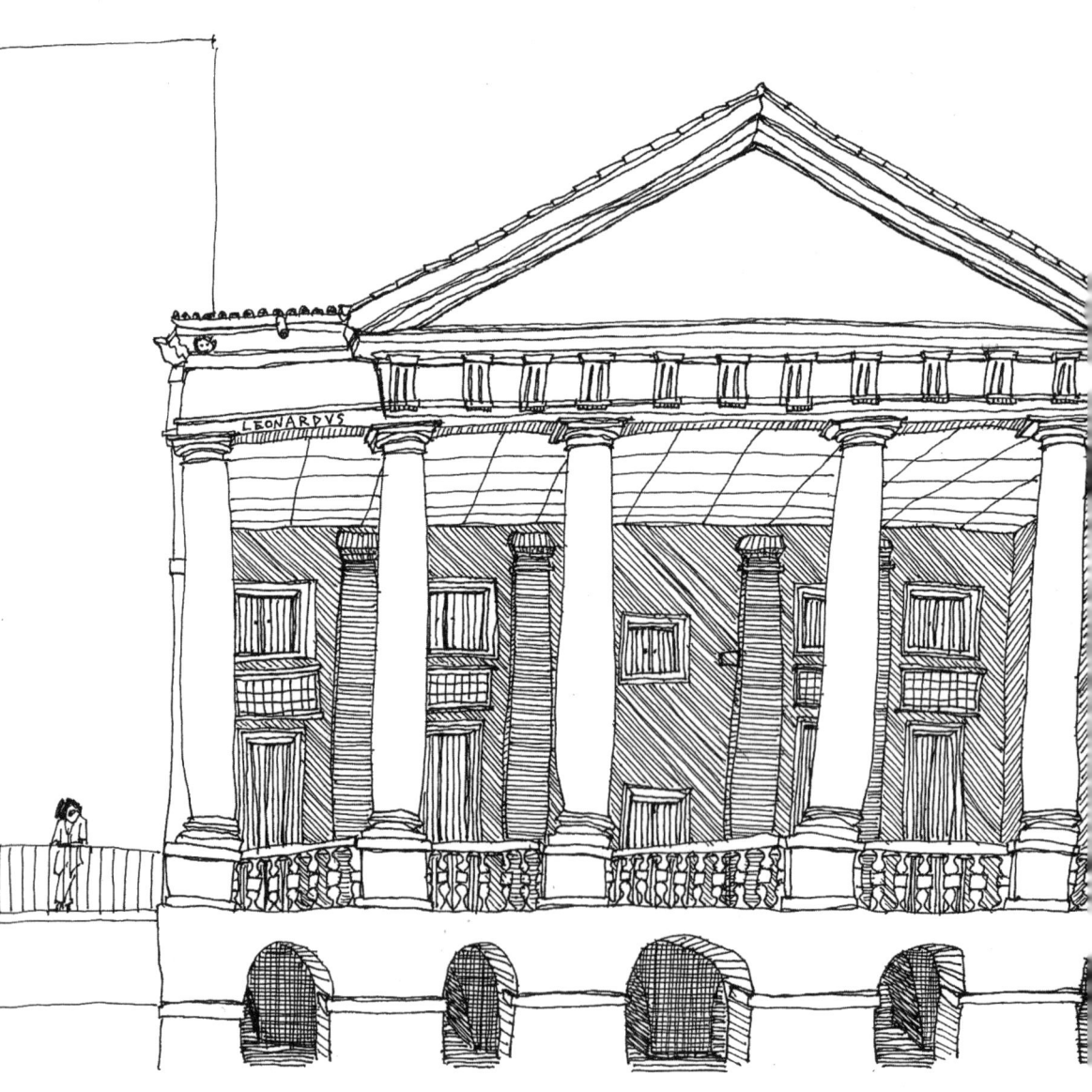

옆 도시에 다녀왔더니 다소 피곤하다.
저녁 산책을 대신해
수상버스 순환선을 타고
베네치아 한 바퀴를 돌았다.

썩 상쾌하다.

다시 - 태어남?.
Picanza, Veneto
2004. 7. 21. ㅇㅇㅇ.

인생은
가끔 무대 위의 주인공인 가수도 되어보고
가끔 무대 뒤의 우직스런 스탭도 되어보고
가끔 무대 앞의 열광하는 관중도 되어보고
가끔 무대 밖의 지나가는 행인도 되어보는
것.

로마에서의 마지막 밤.

언젠가를 기약하며
이번에는 트레비 분수에다
담배꽁초를 버리듯 100원 동전 하나를 툭하니 던졌다.
사실 주문과 결혼식 주례사는 짧을수록 좋다.

해질 무렵,
깜삐돌리오 언덕에서 바라보는 포로 로마노의 모습이 살짝 슬프다.
이탈리아의 태양을 배웅하며
인적이 사라지는 늦은 밤이 오길 기다렸다가,
베네치아 광장에서 나보나로 향하는 로마의 골목길에
내 짝사랑의 마음을 두고 왔다.

로마여 안녕.

영국 England & Scotland.

대단한 감회가 생길 줄 알았다.
네 달여 동안 머물렀던 본토를 떠나
드디어 극서(西)의 영국으로 가는 것이다.

하지만 공항 대합실에서 약간의 허기를 느끼며
출발을 기다리는 동안에도,
저가 항공사의 지저분한 자리에서
지난밤의 숙취를 해소하는 단잠을 자면서도,
전혀,
'떠남'의 의미는 새겨지지 않는다.

아마도 다시 오라고 하는 의미일 게다.

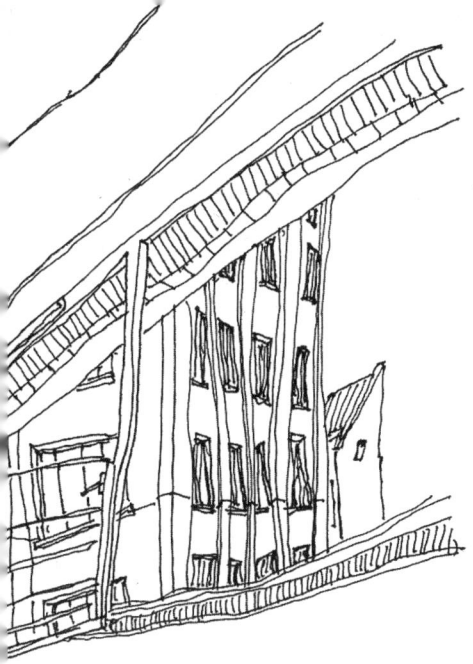

걸텁스러운 밤, LONDON
2004. 17. 25. ㅇㅇㅇ.

진청빛 하늘 아래서 즐기는
기네스 파인트 한 잔.
이보다 더 좋을 수 없는 런던의 여름밤.

그런대로 왁자지껄한 템즈강변의 야외 펍
플라스틱 파인트 잔에 가득 찬 기네스 한 잔과
20펜스짜리 흑인 가수의 공연.

절대고독을 느끼게 해주는 한강의 야경이 그립기도 하다.

관광객들은 바쁘게 움직이고
현지인들은 여유롭게 잠들어 있는,
한가한 템즈강변.
탑다리는 두 번 상판을 들어올렸다.
덕분에 배는 지나갔다.

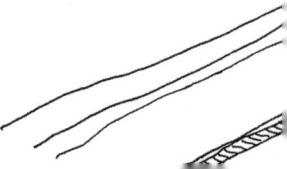

My fair lady — !
Tower Bridge, LONDON
2004. 7. 29. ㅇㅇㅇ.

잠에서 깨어나니 어느덧 오후가 되어 있다.
일요일의 사람들과 스타벅스 따위들이 보이는 공터에 면한
이탈리아식 카페에 앉아
카푸치노의 그윽한 향을 즐기려는데
간밤에 누가 노상방뇨를 했는지
지린내가 뇌를 찌른다.

남유럽 사람들이 소음에 둔감하듯,
영국 사람들은 악취에 둔감한 것인지.
일요일 오후 작은 공터에 면한 노천 카페.
편안하게 신문을 보는 런던인들과
그 사이에서 숨을 헐떡이는 나만이 존재한다.

어느 일요일 오후 런던.
2004. 8. 1. 070.

어느 일요일 오후 정던.
2004. 8. 1. 070.

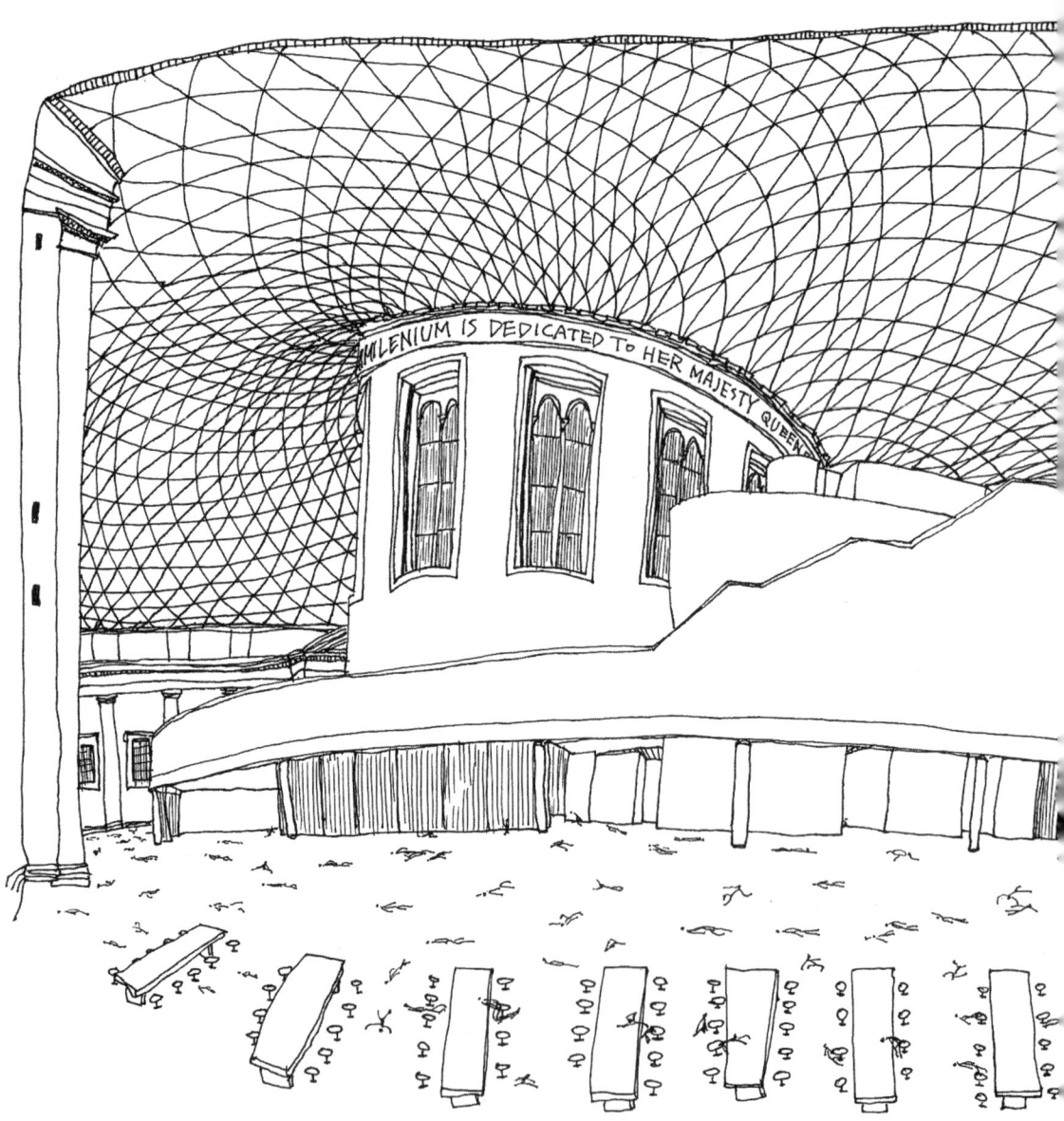

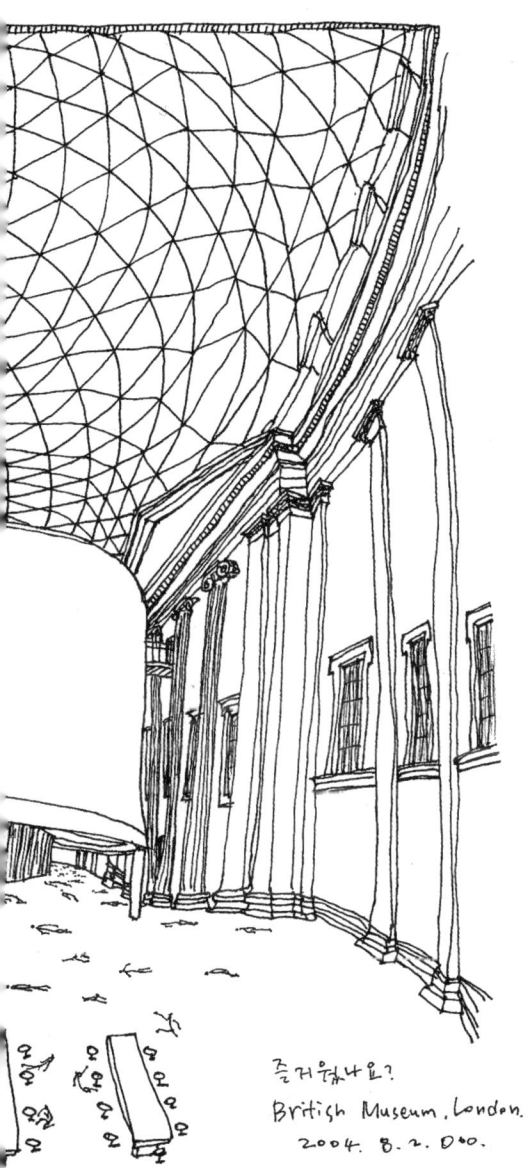

즐거웠나요?
British Museum. London.
2004. 8. 2. D∞.

브리티쉬 뮤지엄의 해석을 대영박물관보다는
그냥 영박물관으로 했으면 좋겠지만
부대찌개 같은 전시품들과
에스키모 정도만 빠진 듯한 인종의 도가니 속에서
현기증을 느끼며 20분 만에 나와 버렸다.

가장 재미있던 것은
일본관 초입에 있던 Sea of Japan이
어느 용감한 한국인에 의해 칼로 쓱쓱 지워진 채
동해로 고쳐진 동아시아 지도였다.
박물관 직원 자리가 바로 앞이던데
어떻게 그런 모험을 감행했었는지
실로 경이로운 일이다.

고풍스런 건물들 사이에 존재하는 간판의 콘트라스트는
서울시내 간판들 사이에 존재하는 매끈한 건물의 존재에
역상으로 대응된다.

밀고 당기기를 탐닉하는 연인들의 작태와
아일랜드식 투박한 발음으로 지껄여대는 욕설들 사이에서
겨우 내 자리를 차지했다.
그러나 엉덩이가 아파 편하지가 않았다.

저 갈매기는 오늘 보이지 않는다.

종로의 피카디리 극장에서 '접속'을 본적이있다.
Piccadilly Circus, LONDON.
2004. 8. 4. ㅇㅇㅇ.

비어있는 방의 태양
TATE MODEN. LONDON
2004. 8. 3. ㅇㅇㅇ.

새벽 세 시의 런던 거리를
기분 좋게 취해 기분 좋게 걸었다.

그런데 사실은
과도하게 취해 비틀거리며 걸었던 듯싶다.

오후 두시의 전면.

2004. 8. 7. ㅇㅇ.

'절정'으로 치닫기에는 갑자기 모든 것들이 이전 세계의 현실과 가까워져 버렸다.
인정하고 이해하자.
소설이나 영화가 아닌 것이다.
지리하면서도 자극적인 '전개'만이
콩나물처럼 이어져 있는 것이 이 세계의 현실이라
인정하고 이해하자.

내겐 여전히 미움이 존재한다.
그 미움은 밤사이에 꿈으로 인지된다.
사실 그건 매우 비겁하고 어이가 없는 일이다.
미워하는 것 말고도 세상에는 할 일이 무척 많고,
미운 대상 말고도 꿈에 나타날 것들은 무궁무진할 텐데 말이다.

예전에 어느 여신으로부터 충고를 한 마디 들었다.
당시의 감명에도 불구하고 나는 결국 별로 변하지 않은 것으로 보아
그때의 감명이 거짓이었을지도 모른다.
아니면
나는 그녀의 섹시한 몸매에 감동한 것이었는지도 모른다.
아니면
나는 감명을 쉽게 잊어버리는 습관이 있는 것인지도 모른다.

신을 믿는 사람들은 여러모로 편할 것 같다.
그냥 웬만한 것들은 으레 신 덕분 혹은 신 탓으로 돌리면 될 테니.
그런데 나는 아무래도 말이다.
태초의 빅뱅을 신 덕분 혹은 신 탓으로 돌릴 수는 있다해도
이 지리하면서도 자극적인 콩나물 줄기들 같은 세상 속의 내 허물들을
신 덕분 혹은 신 탓으로 돌리지는 못하겠다.

교훈이라면,
골방에 처박혀 있는 것은 잡생각들의 무한증식을 초래한다는 사실뿐이겠다.

LONDON
040810
오영욱

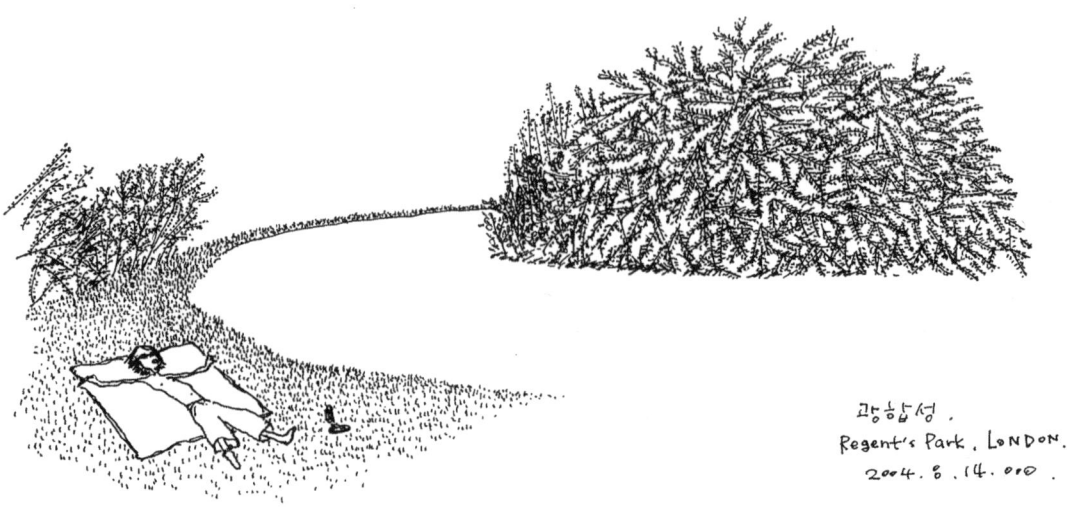

광합성 .
Regent's Park . LONDON.
2004. 8. 14. ㅇㅇㅇ .

이미 가을이 오고 있는 런던.
큰 맘 먹고 샀던 선풍기는 3일 동안 혼신의 정열로 돌다가
구석으로 처박혀 버렸다.
왜가리 떼처럼 비둘기들이 큰 나무에 햇빛을 등지고 앉아 있다.
경이로운 새들이다.

나쁜 이야기.
Durham, England.
2004. 8. 17. 000,

영국식 정원 앞에서 홍차를 마시며 날씨를 이야기한다.
반복되는 여행의 일상.
빠리의 노천이 영국식 정원으로,
이탈리아의 에스프레소가 우유 탄 홍차로,
스페인 신문의 축구 소식들이 날씨에 대한 관심으로 바뀌었을 뿐이다.

네스호의 괴물을 만나다

Kerrowdown B&B, LOCH

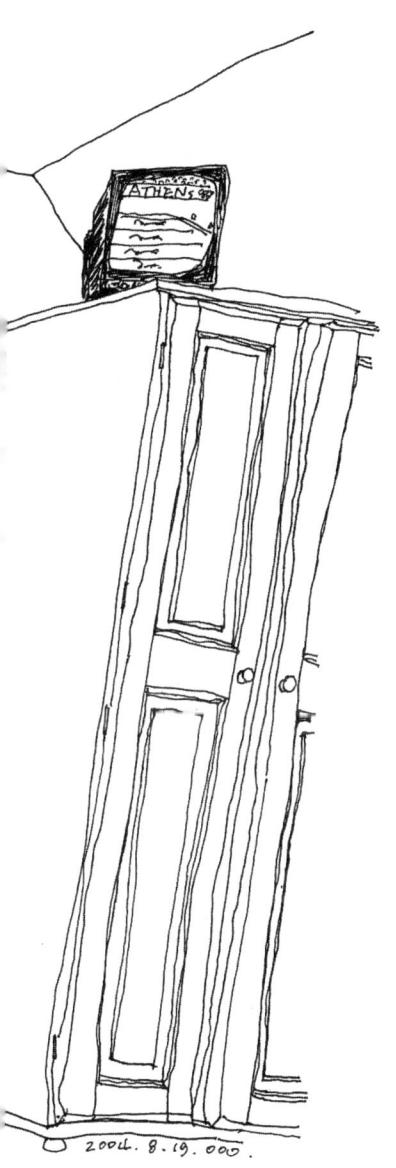

2004. 8. 19. 000.

괴물이 말했다.
"안녕!"

나는 대답한다.
"안녕하세요."

소개는 생략해도 될 듯하다.
잠시 폭탄을 앞에 둔 소개팅 자리 같은 어색한 침묵이 흐른다.

그 짧은 정적을 괴물이 깼다.
"왜 이제서야 왔나?"

나는 대답하지 못한다.

어깨를 살짝 들썩인 괴물은 말을 이었다.
"그래, 날씨는 좀 마음에 드나?"

괴물이 말하는 것이 한 시간 전의 따뜻하고 눈부셨던 햇살인지,
지금의 비바람을 동반한 안개 속의 추위인지 잘 모른다.
"그럭저럭."

다시 침묵이 흐른다.
비는 내 머리 위에서 안개에 희석되어 소리를 내지 않는다.

습관인 듯 어깨를 다시 한 번 들썩하더니 괴물이 말했다.
"그럼, 이만."

나는 내 단춧구멍 같은 눈으로 인사를 한다.
괴물은 그렇게 호수 저편으로 사라져 버렸다.

스코틀랜드의 북쪽 지방을 일컫는 하이랜드라는
이름은 묘한 감성을 일으킨다.
그리고 춥다.
맵지도 슬프지도 않은데 콧물이 난다.
하지만
별 수 없이 눈물은 말라있다.

무엇보다도
밤새 온몸으로 라면국물을 흡수한 끝에 아침에 부은 눈은
'뽀다구' 가 나지 않는다.

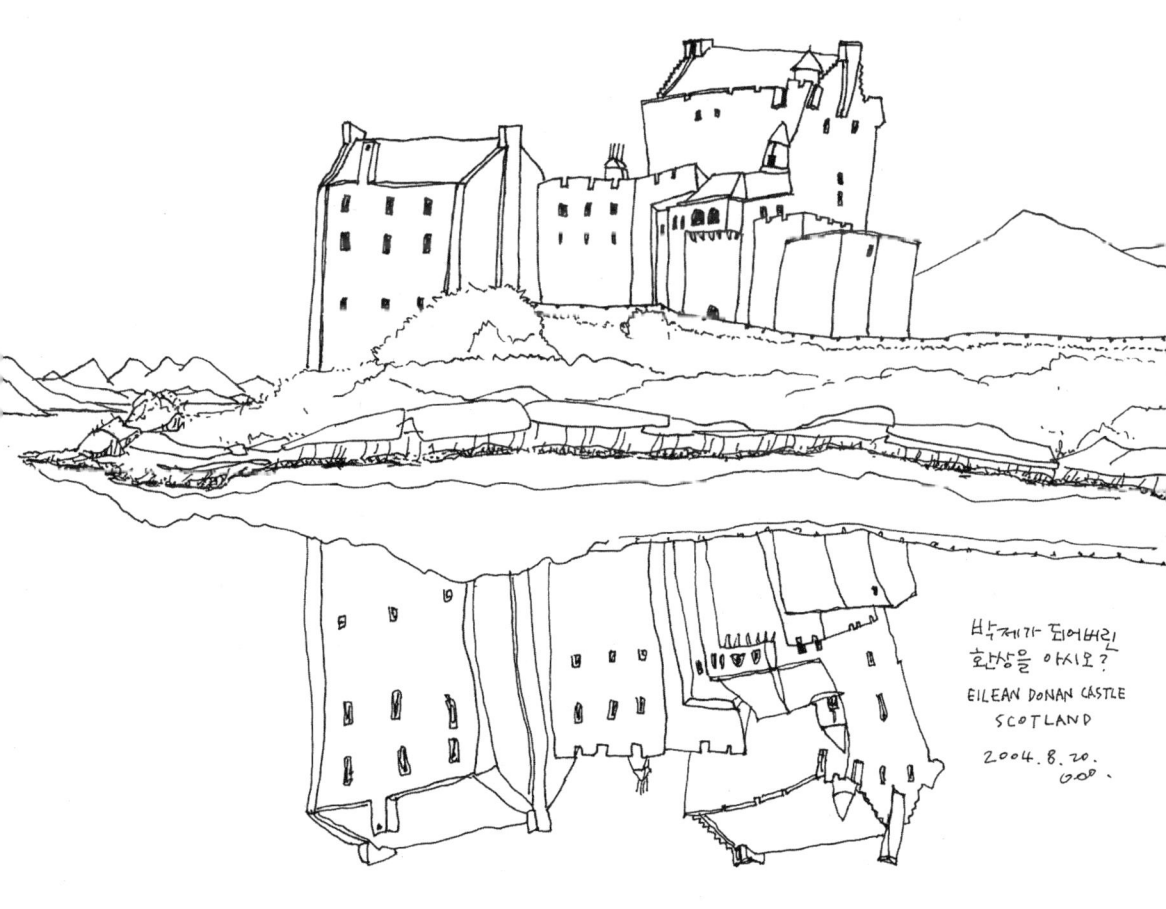

박제가 되어버린
환상을 아시오?
EILEAN DONAN CASTLE
SCOTLAND
2004. 8. 20.
0.00.

307

# 다시, 여행을 떠나며

*

여행과 여유는 좋은 것이다.

**

이 책에 나와 있지는 않지만 아마존 강을 횡단하기 전 잉카제국의 수도였던 페루의 쿠스코에서 40여 일간 생활했던 적이 있었다. 처음에는 고대 잉카의 길을 따라 마추픽추를 향해 걷는 나흘짜리 트래킹을 위해 갔지만, 막상 쿠스코에 도착하자마자 그곳의 대기에 마음을 빼앗겨버린 것이다.

내 삶에서 가장 큰 감동을 안겨줬던 트래킹 마지막 날 새벽의 잃어버린 도시에서 다시 현실의 도시로 내려온 후, 나는 다음 목적지를 향해 짐을 꾸리는 대신 장기적으로 투숙할 만한 싸구려 여관을 찾아야 했다. 그리고 무척이나 관광지화 되어있는 쿠스코에서 나름대로의 삶을 위해 스페인어 학원에 등록했고, 페루인 대학생들과 1대1로 스페인어의 일이삼사를 배웠다. 자연스럽게 도시의 구석구석도 익숙해져갔다. 언제나 그 자리에 있는 관광지 앞의 사기꾼 같은 호객꾼들과도 친해졌다. 그리고 마추픽추 말고도 쿠스코 주위에 산재해있는 곳곳의 잉카유적들을 탐사하며 주말을 보냈다. 현지 친구의 부모님 댁에 가서 옥수수 밭을 일구는 일을 한 것은 즐거운 경험이었다.

아마존을 배를 타고 횡단하겠다는 계획도 그곳에서 세웠다. 우연을 가장한 필연임이 분명할 텐데, 브라질에 입국하기 위한 비자도 당시로부터 석 달 전에 면제 조치가 내려진 상황이었다. 브라질 입국 조건인 황열병 예방주사도 쿠스코의 한 종합병원에서 우연하게 무료로 접종받을 수 있었다. 한곳에 오래 머무르면 심심할 것 같아 배운 스페인어는 향후 내 여행을 몇 배는 즐겁게 만들어줬을 뿐더러 브라질에서 강도를 만난 후 그나마도 몰랐다면 아무런 수습조차 할 수 없을 뻔했다.

나에게 여행은 그런 것이다.


***

유럽에서는 여행 중인 많은 사람들을 만났다. 각자의 인생에서 가장 소중할 기억들을 만들어가는 사람을 만나는 것은 즐거운 일이다. 다만, 어쩌면 내가 그들을 다소 피했을지도 모르는 일이다. 나에게 있어 여유는 한가한 해변에서보다 북적거리는 도시에서 더욱 짜릿하게 느낄 수 있다.

여행에 있어 포기할 줄 안다는 것은 꽤 유용한 기술이다. 내 앞에 놓인 서너 개의 선택 앞에서 하나만을 취하면서 다른 것들을 먼 훗날로 미룰 수 있는 여유가 치열하게 살아가는 우리나라 사람들과는 어쩌면 맞지 않을 수 있다. 하지만 대부분의 인간사가 그러하듯 버린 만큼 얻을 수 있는 것이고, 가끔은 과감한 포기가 더 큰 행운을 가져다준다고 믿는다.

나에게 여유는 그런 것이다.


****

책에 올린 스케치들은 대부분 우연히 발견한 좋은 느낌의 장소에서 엉덩이를 오래 붙이고 앉아 모든 시간의 흐름을 타인에게 양도한 채 느릿하게 그려왔던 것들이다.

브라질에서 스케치북을 비롯한 많은 것들을 강탈당한 후, 분노하고 슬퍼하며 한편으로는 집착의 허망함을 느꼈음에도 불구하고, 이후에 다시 페이지가 채워져 가는 스케치북을 행여나 잃어버릴까 다시 집착할 수밖에 없었던 시기도 분명히 있었다. 아니, 갑작스런 폭우가 쏟아지면 스케치북을 보호하느라 내가 홀딱 젖는 것은 문제도 아니었다. 값진 깨달음이 무색하게 나는 더딘 걸음으로 예전의 자리에서 맴돌고 있었다.

　　　좋은 방향으로 생각하면 누군가에게 나의 스케치들을 보여주고 싶었나 보다. 스케치에 담긴 많은 사연들을 별다른 설명 없이 슬며시 내밀고 싶었나 보다. 집착과 애정은 종종 비슷한 양상을 보인다.


　　　*****

　　　이 책 안에 담긴 그림들은 밑그림 없이 내키는 대로 필기용 펜을 사용해 끼적거렸던 작업들이다. 하지만 그 안에서 방랑 중인 한 여행자의 중성적이었던 시간이 느껴진다면 좋겠다.


2005년 5월
바르셀로나에서

Oxford Street.
LONDON
2004.8.24.
ODD.

RONCO
GIGLIO